光文社文庫

# 誰よりもつよく抱きしめて

新装版

新堂冬樹



光　文　社

# 誰よりもつよく抱きしめて〈新装版〉

# 1

結婚生活八年目を迎える仲睦まじい夫婦が、昼メロの放映回数ほどのセックスしかしていないというのは異常なことだろうか？

いつにも増して上昇する速度が遅く感じられるエレベータの階数表示のオレンジ色のランプを視線で追いながら、水島月菜《みずしまつきな》は、幼馴染《おさななじ》みのように長年連れ添った疑問に思考を巡《めぐ》らせていた。

「まただ」

慌てて幼馴染みを頭から追い払い、足踏みをしながら白く細い手首に視線をやった。九時を、五分回ったところだった。

月菜が経営する児童書専門店……「夢の扉」の閉店時間は午後六時。いつもなら、伝票の整理や店内の後片づけを済ませて渋谷《しぶや》から電車に乗り、桜新町《さくらしんまち》にある我が家に到着するのは、どんなに忙しいときでも八時を過ぎることはなかった。

今日は、閉店間際《まぎわ》に飛び込んできた女性客が、翻訳書の絵本と国内の童話のどちらにするかを一時間近く逡巡《しゅんじゅん》していたので、帰りが遅くなってしまったのだ。

これが一般書店で、客が漫画を立ち読みしているのならさっさと追い返すのだが、児童書専門という性質上、店を訪れる客はそのほとんどが幼児のいる親であり、我が子のために一生懸命に良書を探すその背中をみていると、はやく帰ってくださいなどとは、口が裂けても言えない。

ようやく、オレンジ色が5の数字を染めた。

月菜は、扉が開くと競走馬のように飛び出した。

「よし君、食事が冷めて困ってるだろうな」

独《ひと》り言《ご》つ月菜のヒールが、煉瓦《れんが》造りの回廊を急ピッチで刻んだ。『水島良城　月菜』の名前が仲良く並ぶネームプレイトをみて、月菜は、自分の名前のあとの空白にちらりと眼《め》をやり、短い吐息を漏らす。

「私は、別によし君とふたりでもいいんだけど」

三十三歳の女性が口にすると開き直りに聞こえるかもしれないが、強がりではなかった。

しかし、夫がそれでなにかから解放されるのなら、高齢出産というものにチャレンジしてもよかった。

「ただいま」

月菜は、十数秒間分の暗鬱《あんうつ》を悟られないように、明るい声をリビングのドアに向けた。

「お帰りーっ」

夫の声はリビングの隣のダイニングキッチンから返ってきた。

声に続いてドアが開き、柄《え》をラップで包んだお玉を右手に持った赤いエプロン姿の夫が現れた。

「遅くなってごめんね。はい」

月菜は、ふたりだけの儀式のために、シューズボックスの上のケースからウエットティッシュを抜き、夫に渡した。

「ありがと」

無邪気に破顔した夫は、受け取ったウエットティッシュで拭《ぬぐ》った月菜の額にそっと唇を押し当てる。

彼の子供みたいに艶々《つやつや》の頬《ほお》にお返しのキスをしたい、と思ったが、その願望を叶《かな》えてしまうと夫に苦痛を与えることになるのだった。

「お食事、冷めちゃったでしょう？」

月菜は、右膝《ひざ》をくの字に曲げ、ハイヒールのフックを外しながら訊《たず》ねた。バランスを崩し、思わず夫に伸びそうになった腕を慌ててシューズボックスにつく。

「僕もさっきまで締切りに追われてて、いま作ったばかりだから大丈夫。今夜は、君の好きなものばかりだから、はやくおいで」

夫は嬉《うれ》しそうに言うと、いそいそとキッチンへ向かった。

「わ、凄《すご》い」

ポテトとベーコンのグラタンにロールキャベツに豆ご飯。夫の言うとおり、食卓には月菜の好物がところ狭しと並んでいた。

夫が優しい男性であることは間違いない。しかし、食事を作ってくれるのは、彼の優しさだけが理由ではなかった。

「ちょっと、着替えてくるね」

月菜は夫に言い残し、彼の職場も兼ねているリビングに足を踏み入れた。

引き戸を開けると、除菌スプレーのハーブの香りが鼻の奥を刺激した。

クロゼットの扉を開き、ブラウスとパンツをハンガーにかけながら室内に首を巡らせた。

フローリング床はワックスでピカピカに磨き上げられ、壁際に設置された書棚には、同じサイズごとに蟻《あり》の這《は》い出る隙間《すきま》もないほどに膨大な数の本が整然と並べられ、デスクの上のノートパソコンのキーボードには、ラップがかけられていた。

ほかには、埃《ほこり》ひとつ指紋ひとつないガラステーブルの中央に、定規で計ったように揃《そろ》えられたテレビやエアコンのリモコンも、書棚の中の本のカバーも、リモコンの隣に一ミリの傾きもなく置かれた彼の携帯電話も、その一切が、レンジでチンの冷凍食品みたいに透明なオブラートで包まれていた。

以前はティッシュを使っていたのだが、破れやすく、なにより、本のタイトルやボタンがみえないという理由で、一年ほど前からラップに変えていたのだった。

月菜は、サイドボードのガラスに映る下着姿の女性に眼をやった。夫が最後に触《ふ》れたときよりも肩や腰はなだらかなラインを描き、脇腹《わきばら》にうっすらと浮いていた肋《あばら》は目立たなくなった。

いま身につけている下着は、一昨日、仕事の帰りにふらりと立ち寄ったデパートで買ったものだ。

普段はあまり衝動買いをしないほうだったが、レースの生地であしらった下品ではないセクシーなデザインが気に入った。

「今日は、仕事のほうはどのくらい捗《はかど》った？」

月菜は、リビングとダイニングキッチンを隔《へだ》てる半開きの引き戸の向こう側で、ワインボトルのコルクにオープナーを捩《ね》じ入れる夫の背中に声をかける。

もちろん、彼の手にはラップが握られていた。

仕事の進み具合が気になったのは事実だが、月菜には、もうひとつの目的があった。

「十三枚と二十三文字ってところかな」

いつものように、正確過ぎる返事。そして、月菜が着替えているときには決して振り向かずに答えるのもいつもと同じだった。

月菜は、クロゼットの扉をわざと音を立てて閉めた。「暗黙の合図」に、潮が引くように夫の背中から緊張が解けてゆく。これも、いつもと同じ。

「そう。いいピッチで進んでるわね」

いつもと違うのは、「合図の音」を立てたあとも、月菜が下着姿のままだということだ。

「うん。物語が佳境に入ってきたから……」

振り返った夫の笑顔が微《かす》かに強張《こわば》り、それから慌てて前を向いた。

「き、昨日まではほら、前に話していたプロットで行こうかどうか迷っててさ、三枚と十二文字くらいしか進まなかったんだけど……あ、ごめん、コルクの粉が入っちゃった。どうしよう、どうしよう」

耳まで朱に染め、かわいそうなくらいに動揺する夫をみて、月菜は「実験」を試みたことを後悔した。

「大丈夫よ、それくらいで味は変わらないから」

月菜は手早く部屋着を身につけダイニングキッチンに戻るとボトルを受け取り、二脚のワイングラスをルビー色に染めながら、ゆったりとした口調で言った。

培《つちか》った夫婦生活で、月菜は、自分が慌てれば彼がパニックになることを知っていた。

「それより……はい」

テーブルに着き、ワイングラスを宙に翳《かざ》した。ほんのりと顔を紅潮させた夫が、バツが悪そうにグラスを触れ合わせてくる。

「あなたの筆が乗ってきたことに、乾杯」

クリスタルが奏《かな》でる美しい音色に、ようやく夫の顔が綻《ほころ》んだ。

◇　◇

「ごちそうさま」

月菜は、ロールキャベツの最後のひと切れを口の中に放り込み、唇の前で掌《てのひら》を合わせた。

「いいえ、どういたしまして。おいしかった？」

夫が、猫が舐《な》めたようにきれいになった器ではなく、テーブルの上に置かれた月菜の携帯電話に視線を投げながら訊ねてきた。

「とっても。よし君、また、料理の腕を上げた……あ、気になるなら、我慢しないでいいのよ」

水を向けると、夫が嬉しそうに、しかし、申し訳なさそうに、月菜の携帯電話に手を伸ばし、ラップに包んだ指先でストラップの捩じれを直した。

「ごめんね。こんな僕で」

夫が、うなだれながら言った。

「なに言ってるのよ。水臭いわね。いまに始まったことじゃないでしょう？」

彼は、触れる物すべてに細菌が付着しているような強迫観念に囚《とら》われる不潔恐怖と、いま月菜の携帯電話のストラップの捩じれを直したように、眼につく物が少しでも不完全な形をしていると元通りにしないと気が済まない不完全恐怖の症状が出る強迫性障害、俗に言う潔癖症という病気に長年苦しめられていた。

八年前に初めて夫と出会ったときは、神経質なところはあったが、ごく普通の青年だった。

手を繋《つな》ぎ、肩を寄せ合い、肌を重ね……多くの新婚夫婦がそうであるように、ふたりは片時も離れようとしなかった。

夫に異変が生じたのは、結婚生活一年目に起こったある出来事がきっかけだった。

「でも、なんだか、感じ悪いよね」

汚れ物をシンクに下げながら、夫が自嘲《じちよう》的に笑った。

「仕方ないわよ。よし君だって、本当はそういうふうにしたくないんでしょう？」

月菜は、そういうふうに、の言葉の中にある思いを込めて訊ねた。

「あたりまえじゃないか」

珍しく夫が、顔を赤らめ強い口調で言った。


——あなた、夜のほう、よく我慢できるわね。


ラップで覆い尽くされている書棚やパソコンのキーボードをしげしげと眺める木内早智子《きうちさちこ》の声が、不意に蘇《よみがえ》った。

早智子は学生時代からの友人であり、月菜がもっとも心を許せるひとりだった。

夜のほう、というのが、夫婦の営《いとな》みのことを指しているのは言うまでもなかった。

世の男性は少し誤解をしているようだが、セックスレスの主婦の誰も彼もが、安っぽいテレビドラマで描かれているような欲求不満だというわけではない。

月菜は、セックスに関してはもともと淡泊なほうだった。月菜の知り合いの話によれば、最低でも週に三回は夫と肌を重ねなければ躰《からだ》が疼《うず》き、宅配便の配達員に色目を使うというステレオタイプの妻もいるらしい。

だが、それこそ、誰も彼もがそうなるわけではない。

かといって、まったく性的欲求がないといえば嘘《うそ》になる。忘れていたはずの肌の温《ぬく》もりが前触れもなく、仕事場で伝票の整理中に、あるいは洗濯をしている最中に蘇り、躰の火照《ほて》りに戸惑うときもある。

しかし、月菜が求めているのはセックスの行為そのものではなく、彼が触れ合いを望む気持ちだった。


「ごめんなさい。私、変なこと言っちゃって……」

それを確かめようとすれば、いまのように彼を傷つけてしまう。

「僕のほうこそ、大きな声を出してごめん」

そして、なにも悪くない彼を謝らせ、今度は月菜が傷ついてしまう。

互いを気遣うあまり、互いに傷つけ合ってしまう悪循環。いっそのこと、どちらかに非があるほうがどれほど気が楽だろうか、と月菜は考える。

「ねえ、お話を聞かせて」

月菜は席を立ち、微妙に気まずい空気を払拭《ふっしょく》するように、水島家の日課をせがんだ。夫の作品の一番最初の読者でいられるのは、「みずしまよしき」の大ファンである月菜にとっては、なによりも幸せなことだった。

いつもなら、シャワーを浴びて、ソファでくつろぎながらゆったりと彼の世界に浸る月菜だった。しかし、今夜は、シャワーを省略することにした。

一秒でもはやく、いつもの空気を取り戻したかったのだ。

「月ちゃん」

「なに？」

リビングに向かいかけた月菜は歩みを止め、振り返った。

案山子《かかし》みたいに立ち尽くした夫の顔は、まるで、全校生徒を前にした上がり性の男の子みたいに赤く強張っていた。

額に汗まで浮かべ、しきりに空唾《からつば》を飲み込んでいる。

「その……」

言い淀《よど》む夫を、月菜は目顔《めがお》で促《うなが》した。

「ひさしぶりに、してみる？」

月菜は、耳を疑い、声を失った。

ズボンの太腿《ふともも》のあたりをきつく握り締め、懸命に笑顔を拵《こしら》える彼の姿はとても痛々しく、憐《あわ》れでさえあった。

「ごめん」

居《い》た堪《たま》らなくなり、リビングに駆け込んだ。

いっそのこと、リモコンや本のカバーのように、自分自身がラップに包まれれば……。

頭によぎった馬鹿げた考えを、いまの月菜は笑い飛ばせる気になれなかった。

## 2

ある日のことでした。モジャはさんぽのとちゅうで、すからおちた一わのスズメのひなが、チュンチュン、とかなしそうにないているのをみつけました。

「かわいそうに。みんなのところにつれていってあげるからね」

モジャは、やさしくかたりかけると、けむくじゃらのてで、そっとひなをだきあげました。ひなはモジャのすがたをみて、からだをブルブルとふるわせていました。

「だいじょうぶだよ。ぼくは、こんなかっこうだけど、きみとおなじとりなんだよ」

モジャがやさしくいっても、ひなのふるえはとまりません。

むりもありません。モジャのぜんしんにはたわしのようなけがいっぱいはえていて、そらをとぶためのつばさもなかったのです。

ひなは、あいかわらずこわがっていました。モジャにたべられるとおもったのです。

でも、こころのやさしいモジャは、ひなをあんしんさせるために、あかるくさえずりながら、すのある木をさがしました。

とつぜん、そらから、ものすごいいきおいでとんできた一わのスズメが、モジャにおそいかかりました。そのスズメは、ひなのおかあさんで、こわいどうぶつにこどもをさらわれたとおもったのです。

「ぼくは、この子をすにもどそうとしていただけなんです」

モジャのはなしを、おかあさんスズメはしんじませんでした。するどいくちばしでつっつき、さいごには、モジャをおいはらってしまったのです。


車内アナウンスが、渋谷駅を告げた。月菜は、表紙のところどころが破け色褪《あ》せた童話を閉じると、鞄《かばん》の中にしまった。

ここ数ヵ月間、『空をしらないモジャ』をいつも持ち歩いていた。

職業柄、そうしているのではない。通勤電車の往復の車内にまで持ち込み、ついつい開いてしまうのには別な理由があった。

モジャはとても心が優しく、シャイで……でも、ほかの鳥とは違う姿をしているせいで、いつもつらい思いをしてきた。

月菜が何度もこの童話を読み返すのは、なぜ、モジャが雛《ひな》を抱き上げなかったのかを知りたかったからだ。

そう、お母さんスズメに追い払われたモジャは、ある日、同じ場所で同じ雛が巣から落ちていたところを通りかかったのだが、手を差し延べることをしなかったのだ。

じつは、月菜は、以前に著者自身に直接質問する機会に恵まれた。

月菜は、ゆっくりと八年前に記憶を遡《さかのぼ》らせた。


当時の月菜は、父親の半強制的な勧めもあり、「夢の扉」で働き始めたばかりだった。

月菜の父親は「夢の扉」の経営者だったのだ。

平積《ひらづ》みの補充をしているときに、月菜の眼に一冊の本が留まった。

それが、『空をしらないモジャ』だった。

幸いなことに、店内には月菜とそう歳《とし》の変わらない二十五、六の男性客がひとりいるだけだったので、本を手に取りパラパラと捲《めく》った。

もっとも、児童書専門店が混雑することなど、滅多にないことなのだが……。

軽い気持ちで読み始めた月菜だったが、物語に引き込まれページを捲る手が止まらなくなった。

とくに、最後のほうは、仕事も忘れて夢中になった。

「モジャ、わたしがわるかったわ。ごめんなさいね」

じぶんのあやまちにきづいたおかあさんスズメは、モジャにあやまりました。

「もう、いいんです。わるいのは、ぼくですから」

モジャはにっこりとわらい、おかあさんスズメにいいました。

「どうしてモジャがわるいの？　モジャは、わたしのたいせつなひなをたすけてくれたのに」

「それは、ぼくがそらをしらないからです」

モジャはそれだけいいのこすと、おかあさんスズメとひなにわかれをつげ、たびにでました。

そのご、モジャは、じぶんとおなじはねのないけむくじゃらのとりたちのすむせかいで、しあわせにくらしました。


本を読み終えた月菜は、束《つか》の間《ま》、放心状態で佇《たたず》んでいた。ハッピーエンドのはずなのに、たとえようのない哀しみが心の底から湧《わ》き上がり、不意に、涙が目尻《めじり》を濡《ぬ》らした。

滲《にじ》む視界に、きれいに折り畳まれたハンカチが差し出された。

——よかったら、どうぞ。

顔を上げると、店内にひとりだけいた若い男性客が、伏し目がちに怖々《おずおず》と言った。

ありがとうございます。月菜はハンカチを受け取り、涙を拭った。

——僕、自分の作品を読んでくれている人を、初めてみました。

もしかして、『モジャ』の作家さんですか⁉

月菜はまじまじと男性客の顔をみつめながら、頓狂《とんきょう》な声で訊ねた。彼女にとっても、書店員でありながら、作家を目の前にするのは初めての体験だったのだ。

——あの、モジャは、お母さんスズメを許せなかったんですか？

頷《うなず》く作家に、月菜は思わず訊ねていた。

——その逆だと思います。多分、彼は、自分を許せなかったんじゃないかな。

——雛を抱かなかったのも、自分を許せなかったから？

ふたたび、作家が頷いた。

——だったら、雛を抱いてあげるべきだと思います。

——モジャは、雛と仲良くなってしまえば、よけいに哀しませることになると考えたのです。いずれ、雛が飛べるようになったら、モジャも一緒に、と誘うでしょう？　でも、モジャには翼がない。ひとり取り残された彼を空から見下ろす雛は……。

——とても、哀しい気持ちになる。

月菜は、作家の言葉を継いだ。

――そう、モジャは、雛を抱き上げないことが、雛を哀しませないことだと思ったのです。

そらをしらないから……。

モジャが母スズメにどうしてそう言ったのかが、月菜にはわかった。

これが、夫との初めての出会いだった。

月菜は、羽のないたわしみたいな真っ黒な鳥……モジャの描かれた表紙をみつめた。

『モジャ』は、みずしまよしき……夫のデビュー作だった。

ベストセラーにはならなかったが歴史のある児童文学賞を受賞し、八年経《た》ったいまでも「夢の扉」には平積みにしてあった。

あの頃《ころ》は、モジャの思いやりに素直に感動した。

いまは違う。

物語の中のモジャと夫が、どうしても重なってしまうのだった。

月菜は思考の車輪を止めて腰を上げると、人波に揉《も》まれながら電車を降りた。

◇　◇

光量を絞ったダウンライトの琥珀色《こはく》。低く流れるリラクゼーションミュージック。図書館を彷彿《ほうふつ》とさせる静寂。

午後五時ちょうど。渋谷区桜丘町《さくらがおかちょう》の路地裏に建つ「夢の扉」は、今日も閑古鳥《かんこどり》が鳴いていた。

レジカウンターの椅子《いす》に座り、『モジャ』を読み返していた月菜は、空色のペンキで塗られたドア付近の平積み台で童話を立ち読みしている客が気になった。

気になる理由は、客が児童書専門店には不似合いな二十代と思《おぼ》しき青年であることだった。

背が高く、ガッチリとし、しかし、本を持つ指先は驚くほどに白く細く、俯《うつむ》き加減の横顔はガラス細工の人形のように美しかった。

子供がいるようにはみえないし、母親の使いできている歳にもみえない。青年と児童書専門店を結びつける要素はなにひとつ見当たらなかった。

月菜が青年を気にしている理由は、ほかにもあった。

それは、彼の手にしている童話が月菜のものと同じだったからだ。歳の頃は二十七、八。月菜には青年が独身だという確信があった。

なぜ？　と訊《き》かれても、うまく説明できる自信はない。とにかく、青年の醸《かも》し出す雰囲気が結婚とは遠く懸《か》け離れたものである、としか言いようがなかった。

過去にも、青年と同年代の男性客が店を訪れたことはあった。が、彼らは年は若くてもしっくりきていたのだ。

そのしっくり感が青年にはなかった。まるで、ピアニストがおしめを替えているような……ちょうど、そんな感じだった。

童話好きな彼女へのプレゼント。兄夫婦の出産祝いのプレゼント。職場の上司の子供の……。

あれこれ思惟《しい》を巡らせてみたが、やはり、しっくりこなかった。なにより、背筋をピンと伸ばし真剣な眼差《まなざ》しで活字を追う青年は、プレゼントを選んでいる、というふうにはみえなかった。

月菜は、青年から本へ視線を戻した。客のことを詮索するのは感心しない、と思ったのだ。

「おやおや。そんなにかなしいかおをしてどうしたんだね？」

もりじゅうでいちばんのものしりのミミズクが、モジャにたずねました。

「ぼくは、どうしてみんなとちがうんですか？」

モジャは、ひなやおかあさんスズメにこわがられたことで、おちこんでいたのでした。

「モジャは、どうしてみんなとちがうとおもうんだね？」

「だって、みんなにははねがあるし、それに、こんなにたくさんのけがはえてないし……」

モジャは、なきだしそうなこえでいいました。

「それなら、わたしもみんなとはちがうということになるね。わたしにはにほんのつのがあるし、ウグイスさんのようなうつくしいこえでなくこともできない。いいかい？　モジャ。だいじなのは、みかけじゃないんだよ。ここだよ」

ミミズクは、はねをむねにあてていいました。


「すみません」

月菜は、慌てて小指で涙を掬《すく》い顔を上げた。『モジャ』を差し出し目の前に立っているのは、あの青年だった。

「千四百円に……」

赤く潤んだ青年の眼をみて、瞬間、月菜は声を失った。

「いいお話ですね」

青年が千円札二枚を月菜に渡し、照れを隠すように微笑《ほほえ》んだ。

「私も、好きなんです。何度も、読み返したくなる本ですよね？」

月菜も微笑みを返し、ＴＯＢＩＲＡ、とロゴの入った若草色のビニール袋に『モジャ』を入れて青年に渡した。

青年はほっそりとした顎《あご》を小さく引き、六百円のお釣りを受け取ると店をあとにした。

「ありがとうございました」

束の間、青年の背中を見送っていた月菜は、カウンターに置き忘れられた携帯電話の存在に気づいた。

あの青年のものに違いなかった。

月菜は携帯電話を手に、店を飛び出していた。駅へと続く通りに、青年の姿は見当たらなかった。駅まで走り、そこここの路地を覗《のぞ》いてみたのだが、やはり、青年はどこにもいなかった。

つい二、三分前に店を出たばかりなのに、霧のようだと思った。

「困ったわ。住所もわからないし……」

路上に立ち尽くし携帯電話をじっと眺めていた月菜は、思い直して駆け足で引き返した。忘れ物に気づいて戻ってくるかもしれない、あるいは、入れ違いになったのかもしれない、と思ったからだった。

息を弾《はず》ませドアを開けた。そこには、ガラン、としたいつもの光景が広がっていた。サイフォンのコーヒーを注いだカップを手にし、月菜は携帯電話をデスクの上に置いた。

「そのうち、取りにくるでしょう」

独り言つ月菜が仕入れ伝票のチェックを始めてすぐに、リズミカルなベルが鳴った。デスクの上で、青年の携帯電話の着信ランプが明滅している。

あの青年かもしれない。でも、違ったらどうしよう。

月菜は、手を伸ばしては引っ込めることを繰り返した。

ベルは執拗《しつよう》に鳴り続けていた。

逡巡した末、無言で電話に出ることに決めた。相手が青年ならば、携帯電話を預かっていることを教えてあげればいい。

微かな罪悪感に苛《さいな》まれつつ、パールホワイトのボディを開き通話ボタンを押した。

『麻耶《まや》です』

受話口から流れる若い女性の声を耳にし、はやくも後悔が込み上げた。

『もしもし、かっちゃん、聞こえてる?』

　動転した頭の中で、事情を説明すべきかどうか迷った。

『喋《しゃべ》りたくないのなら、それでもいいわ。かっちゃんに打ち明けられた秘密、私なりに真剣に考えてみた。でも、やっぱり無理……ううん、かっちゃんのほうが無理だと思うの。だから、さよならを言おうと思って電話をかけたの……』

　受話口の向こう側から漏れ聞こえる啜《すす》り泣き。

　弾かれたように立ち上がった月菜は、喉《のど》もとまで出かかった声を懸命に呑《の》み下した。いま女性の声を聞かせたらまずいということくらいは月菜にもわかった。

『ほっとした? 安心して。もう、電話をかけたりしないから。じゃあ……これで』

　月菜は、押し黙ったままの冷たい携帯電話を耳に押し当てたまま、その場に立ち尽くした。

## 3

「別れの電話？」

ラップ越しのキーボードを叩《たた》いていた指の動きを止め、夫が振り返る。

「そうなの」。ほっとした？　安心して。もう、電話をかけたりしないから。

月菜はワイングラスを傾けながら、麻耶という女性の声音《こわね》を真似てみせる。いつもはスパイシーな口当たりの銘柄なのに、今夜はやけにタンニンの渋味が自己主張しているような気がした。

「その女性、『モジャ』を買った彼の恋人かな？」

仕事を中断した夫が、微妙な距離を空けて月菜の横に腰を下ろす。

彼に、『モジャ』を買った青年が置き忘れた携帯電話に、女性から電話がかかってきた出来事を話したのは夕食が終わってから。

本当はすぐに話そうと思ったのだが、ビーフシチューに糸屑《いとくず》が入っていたことで彼がちょっとしたパニックに陥《おちい》り、それどころではなかったのだ。

作り直すという夫をなんとか説得したまではよかったが、繊維を取り除くために何度も裏漉《うらご》しを繰り返したおかげで、食卓にはスープのようなさらさらとしたシチューが並んだ。

「そうね。少なくとも友達が口にする言葉じゃないわね。でも……」

言葉を切り、月菜は夫のワイングラスをルビー色に染める。

「でも、なんだい？」

彼は訊ねながらテーブルに散った飛沫《しぶき》をティッシュで拭い、ついでに、少しだけ傾いていた青年の携帯電話をまっすぐに置き直した。

「なんだか、後味が悪いの。お水のグラスを口に運んだつもりで、間違ってアイスコーヒーを飲んじゃったみたいな、そんな感じ」

あのとき、電話に出なければよかったという後悔が月菜を苛んだ。

「気持ちはわかるけど、月ちゃんが悪いわけじゃないんだし。しようがないよ」

夫が笑うと、会ったことのない少年時代の彼をみているような気になる。

八年前、彼のそんな無垢《むく》な笑顔に月菜は魅せられた。

八年経っても、それは変わらない。ただ、あの頃は吐息が肌をくすぐるほど近くにあった笑顔が、いまは、とても遠くに感じられる。

「それはそうだけど、たぶん、彼女はもう彼に電話をしないと思うの。すぐに話し合ったらなんとかなることも、月日が経つと難しいことがあるでしょう?」

危機状態に陥った男女の関係は、とりわけ夫婦関係は、森に迷い込んだ子供のよう。ちょっとくらい大丈夫だろうと、森の中へ足を踏み入れる。入口は覚えているし、もうちょっと大丈夫だろうと、さらに奥へと進んでゆく。

もうちょっと、を繰り返しているうちに、いつの間にか道を見失い、焦れば焦るほどに深く複雑な迷宮に導かれ、最後には、いま自分がどこを歩いているのかさえわからなくなる。

森の入口が閉じられたわけでも、忽然《こつぜん》と道が消えたわけでもない。

足を踏み入れたときと、なにも変わらず、入口も道も存在する。

もっとはやくに引き返していれば、道に迷うことはなかったはず。

夫が病院から帰ってきたあの日、時間をかけて話し合っておくべきだった。全然平気だということを伝えておくべきだった……そして、彼の変化の兆《きざ》しに気づいたときに、「入口」に連れ戻すように努力をするべきだった。

——ひさしぶりに、してみる?

昨夜の気まずい空気に、月菜も夫も触れることはなかった。

森の「入口」に戻りたい。願いは変わらないはずなのに、いつの間にかふたりは、心の奥底の訴えから眼を逸《そ》らすようになっていた。

そのうち、なにを願っていたのかさえ、思い出せなくなるのかもしれない。

「忘れたことに気づいたら、かけてくるさ。そしたら、女性から電話があったことを教えてあげれば？」

夫が、呑気《のんき》に、優しく慰めてくれる。その呑気さと優しさを、少しでも自分に向けてあげたら……と月菜は思う。

「そうね。でも、彼はどうして泣いていたのかしら」

『モジャ』をレジカウンターで差し出したときの、青年の赤く潤んだ瞳《ひとみ》が蘇る。

「彼も、普通じゃないなにかを抱えているのかもね」

グラスの縁《ふち》についた唇の跡をウエットティッシュで拭いながら、夫が独り言のように呟《つぶや》いた。

彼も、という言い回しに胸がさざなみ立つ。

「そういえば、秘密ってなんだろう」

「え？」

「ほら、女の人が言ったことよ」

麻耶という女性が口にした言葉を、思い浮かべながら言った。

「ああ、彼が彼女に打ち明けたっていう秘密のこと？」

月菜は頷き、彼にグラスを差し出す。

「ほかのコを好きになったとか？　あるいは、結婚していたとか？」

夫が、月菜のグラスにワインを満たしつつ推理する。

「うーん、どっちとも、違うような気がする。彼、そんな感じじゃなかったわ」

夫が意外そうな顔をしたのが、月菜には意外だった。

「それに……もしそうだとしたら、かっちゃんのほうが無理、なんて言いかたしないんじゃないかな」

「そうかな。別の女のコを好きになったとか、奥さんがいたりしたら、彼女がそう考えても不思議じゃないと思うけどな」

月菜は黙り込む。夫の推理は、しっくりこなかった。青年は、そんなふうに彼女を裏切ったりはしないという根拠のない確信が月菜にはあった。

「でも、月ちゃんがそう思うんだから、やっぱり別の理由があるような気がしてきたよ」

束の間、月菜の様子を窺《うかが》っていた彼が、一転して意見を翻《ひるがえ》す。月菜は急に居心地が悪くなり、ひと息にワインを飲み干し、三杯目を要求する。

黙って要求に応《こた》える夫。

四杯、五杯とグラスを重ねても……たとえボトル一本を飲み干しても、彼はなにも言わないだろう。

まるで、そうすることが罪滅ぼしであるとでもいうように。

「ねえ、今日は何枚進んだの？」

月菜は、話題を変えた。

「えっと……十枚と七十二字かな」

いつも通りの正確過ぎる答え。夫は言うと、思い出したようにパソコンの前に戻り、仕事を再開した。

「まあまあのペース……」

月菜の声が、リズミカルなベルの音に遮《さえぎ》られる。

振り返った夫と月菜の視線が、ほとんど同時にテーブルの上の携帯電話に吸い寄せられ、それから互いに顔を見合わせた。

液晶ディスプレイの表示は、「公衆電話」となっていた。

夫が頷き、月菜は携帯電話を手に取った。

声は出さず、相手が喋るのを待った。また、麻耶という女性なのかもしれないと思ったからだ。

『あの、突然なんですけど、僕は、あなたが持っている携帯電話の持ち主なんです』

遠慮がちな声音。あのときの青年に間違いなかった。

「あ、『夢の扉』の者です。連絡を、お待ちしていたんですよ」

夫に頷き返し、月菜は携帯電話を左手から右手に持ち替えた。

『あの本屋さんの方ですね？　あなたでよかった』

青年が、ほっとしたように言った。

「え？」

『大事なデータがたくさん入っているので、いい人に拾ってもらってよかったな、って』

あまりにも率直な物言いに月菜は戸惑い、しかし、気分が高揚するのを感じた。

「いい人かどうかなんて、わかりませんよ。それより、この携帯電話、郵送しましょうか？」

月菜は冗談っぽい口調で言うと、青年に訊ねた。

『いいえ、その必要はありません。明日、取りに行きますので。営業時間は、何時までですか？』

「一応、六時になっていますけど、七時くらいまでなら大丈夫ですよ」

『わかりました。できるだけ、はやめに伺《うかが》います。本当に、ありがとうございました』

「あ、ちょっと……」

月菜は、電話を切ろうとする青年に呼びかけた。

『はい？』

「いいえ、なんでもないです。じゃあ、お待ちしておりますので」

思い直し、通話ボタンを切った。

女性からの「伝言」を伝えようとしたのだが、やはりやめた。

電話で言うことではないと思ったのだ。

「月ちゃんって、かわいい声してるんだね」

パソコンに顔を向けたまま、夫がさらりと言った。

不意に、鼓動が急ぎ足で駆け抜けた。夫の言葉の意味を考えた。単にそう感じたのか？

それとも、別のなにかを感じ取ったのか？

「なに言ってるのよ、もう。明日、取りにくるって」

いい人、と言われたときに、嬉しい顔をしていたのだろうか？

「そう、それはよかった」

月菜は、夫のどこか寂しげな背中に声をかけようとして気づいた。かける言葉が、見当たらないということに。

## 4

「ありがとうございました」
三、四歳の女の子の手を引き店をあとにする男性の背中を見送ると、月菜は手にしていた『うずらちゃんのかくれんぼ』を書棚に戻した。
父親が、支払いぎりぎりまで『100万回生きたねこ』とどちらにするかを迷っていたのだ。

入道雲の絵が描かれた壁紙に眼をやった。六時二十分。いつもなら、「CLOSED」の札をかけて帰り支度をするところだった。

月菜は、平積みにされた新刊の絵本の一冊を手に取った。装丁《そうてい》にチョコレートのシミのようなものがついていた。

倉庫に足を運び――といっても三坪ほどのスペースだが――返品用の段ボール箱に絵本を入れた。

汚れたり傷ついたりした本は、取次店《とりつぎ》を通して版元《はんもと》に戻し、新しいものと交換するのだった。

段ボール箱の中には、同じようにシミがつき、また、帯が破れた本が溢《あふ》れていた。

職業柄、お客には子供連れが多いので、返品本が増えるのは仕方のないことだった。

フロアに戻った月菜は、入口に眼をやった。

「いらっしゃいませ」

月菜の声に、書棚の前に佇む青年が振り返り、微笑みながら頭を下げた。

昨日も思ったことだが、彼の笑顔は夫とは対照的に、どこか冷めた雰囲気があった。

「遅くなって、すみませんでした」

「いいんですよ。どうせ、伝票の整理やらなんやらで、すぐには帰れないんですから。それより……はい、これ」

月菜はデスクの上に置いていた携帯電話を、青年に手渡した。

「ありがとうございます。助かりました」

「あの……」

「あれ、すごく感動しました」

女性からの電話があったことを切り出そうとした矢先に、青年が少しだけ興奮気味に言った。

あれ、が『モジャ』のことを指しているのだとわかるまでに、しばらく時間がかかった。

「そう、よかったわ」

「なにか、僕に言いかけてませんでした？」

「あ……。また、お店を覗きにきてくださいね」

月菜は、別のセリフを青年に向けた。

やはり、他人が余計な口を挟むべきではない。

「これから、なにかご予定とかあります？」

「え？」

一瞬、青年がなにを言っているのかわからなかった。

「よかったら、お礼に、お酒をご馳走《ちそう》させてください」

青年の唐突な申し出に、しかも初対面に近い相手を飲みに誘うという大胆さに、月菜は言葉を失った。

「いえ、私……」

「『フリータイム』ってバーをご存じでしょう？」

「ええ、知ってますけど」

知ってるもなにも、「フリータイム」は「夢の扉」の隣のビルにあった。

「僕、そこでバーテンダーをやっているんです」

「『フリータイム』でバーテンダーを?」

思わず、鸚鵡《おうむ》返しに訊ねていた。

「はい。それで、僕、今日は休みなんです」

誘われた場所が隣のビルだということ、そして、青年がその店の従業員だということが、月菜の警戒心を解いてゆく。

しかし、だからといって、夫のある身で別の男性とお酒を飲みに行くことの理由にはならない。

「気持ちはありがたいんですけど、私、時間がないんです。お礼なんて、気になさらないでください」

「本当のことを言わないと、だめみたいですね。じつは、あなたを誘うのには、もうひとつ別の理由があるんです。麻耶……僕の恋人なんですが、彼女に電話をかけたら、昨日私の気持ちは伝えたから、って切られちゃって。だから、お礼がてらに話を聞きたいなと思ったんです」

月菜の胸は、罪悪感に軋《きし》んだ。そして、その罪悪感で、夫への罪悪感を正当化しようとする自分がいる。

「じゃあ、三十分くらいなら……」

青年にかかった電話に無言で出てしまい、相手に誤解を与えてしまったことを詫《わ》び、「伝言」を伝えるため。

月菜はそう自分に言い聞かせ、店仕舞いを始めた。

# 5

薄いブルーの照明が、ドアを入ってすぐに設置してあるアクアリウムを幻想的に浮かび上がらせていた。アクアリウムの中では、極彩色《ごくさいしき》のトロピカルフィッシュが水中を滑《すべ》るように泳いでいる。

まだ時間がはやいせいか、二十席ほど設けられた「フリータイム」の店内はふた組の若いカップル客がいるだけだった。

「いらっしゃい……あれ、かっちゃん、どうしたの？」

カウンターの中から、グラスを磨いていた男性が物珍しそうな視線を月菜に投げてくる。

「今日は、プライベートなんです」

プライベート、という響きが月菜の疚《やま》しさを募《つの》らせ、少しだけ鼓動がはやくなる。

考えてみれば、夫と結婚して以来、男性とふたりきりでこういった場所を訪れるのは初めてのことだった。

青年の職場。月菜の店の隣のビル。彼の恋人からの「伝言」を伝えるため。自分の行動を正当化しようといくら尤《もっと》もらしい理由を並べてみても、疚しさが消えることはなかった。

「あまり聞かれたくない話なので、あっちに行きましょう」

カウンターから離れた奥のテーブルへ促す青年の手が、軽く月菜の肩に触れた。月菜は足を止め、躰を硬直させた。

「どうしました?」

青年が肩から離した手を宙で止めたまま、静かな声で訊ねてくる。

「いえ……躓《つまず》きそうになっちゃって」

月菜は慌てて笑顔を繕い、歩《ほ》を踏み出した。

夫との触れ合いがなくなって久しい生活を送っていた月菜の躰は、青年の指先に過剰反応していた。

どうぞ。訝《いぶか》しむふうもなく壁際のテーブルへエスコートした青年が椅子を引く。ありがとう。腰を下ろし、気持ちを静めた。

なににします? 青年が開いたメニューをふたりで覗き込む。ひとつひとつの行動に、罪の意識が声高《こわだか》に自己主張する。

ブルゴーニュ、ボルドー、ロワール……ワインリストを素通りし、ソフトドリンクの欄で視線を止めた。

「私は、ジンジャーエールを」

「もしかして、お酒、だめでした？」

「ううん。飲めますけど、家に帰ってお酒臭かったら……ねえ」

月菜は、言外に夫の存在を匂《にお》わせた。

「結婚してるんですか？」

「ええ」

彼の意外そうな顔に、心地好さを感じる自分がいた。

「すみません。なんだか、あなたに迷惑をかけてるみたいですね」

青年が表情を曇らせる。

「そんな……私のほうこそ、あなた達に迷惑をかけたみたい」

「やっぱり、あなたが電話に……」

「ご注文はお決まりでしょうか？」

薄く茶色に染めた髪を逆立てた若いウェイターが、意味ありげな笑みを浮かべながら月菜と青年を交互に見渡した。

ウェイターの態度に気を悪くしない自分に、不信感と憤《いきどお》りが募る。

「彼女はジンジャーエール。僕はこれを」

青年がワインリストを指差す。ヴォーヌ・ロマネ・クロ・デ・レア。水島家で愛飲しているのと同じ銘柄だった。

「ワイン、お好きなんですか？」

ウェイターが立ち去ってから、月菜は訊ねた。

「ええ。といっても、ブルゴーニュしか飲みませんけど」

「どうしてです？」

「ブルゴーニュは、同じ畑のものでも作り手によって味が違うっていうじゃないですか？ボルドーのような、同じ畑のものなら、という安心感がない。すごく、人間的だと思うんです」

「人間的？」

「そう。同じ親から生まれた兄弟でも、育った環境、出会った人間関係で性格も趣味も違ってくるでしょう？　男女関係だってそうです。お名前、訊いてもいいですか？」

月菜ですけど。唐突に話題を変える青年に、戸惑いながら答えた。

「たとえば月菜さんが、いまのご主人とは別の男性とつき合ったとします。ご主人と一緒にいたときの月菜さんと、身長も血液型も星座も同じはずなのに、その男性の前にいる月菜さんとは違う。でも、どっちの月菜さんも、本当の月菜さんなんです。日本人って、答えを決めたがりますよね？　右か左か？　白か黒か？　男か女か？　って。僕は、これはこうであるべきだとか、これはこうでなければならないとか、型に嵌《は》められるの苦手なんです。人の数だけ答えが違うほうが、愉《たの》しいとは思いませんか？　ブルゴーニュのワインみたいに。あ、ずいぶんとワインから話が逸れてしまいましたね」

青年の淡い紅色をした唇から、きれいに整った歯が覗きみえた。

月菜には、彼の言葉が他人事《ひとごと》だと受け流せなかった。

子供好きの夫婦に、子供がいなくても幸福な家庭を築けるはず。

夫婦の数だけ、幸せの形は違う。あるべきパーツが欠けているなら、別のパーツで補えばいい。

目の前に、ゴールドの気泡が弾けるタンブラーが置かれた。

「それぞれが抱える問題解決の前祝いとして、乾杯しましょうか？」

青年が、ルビー色に染まるワイングラスを宙に翳しながら言った。

「え？」

思わず、彼の顔をまじまじとみつめた。

「深い意味はありませんよ。誰だって、悩み事のひとつやふたつ抱えているのかなと思っただけです。僕なんか、三人がかりでも抱えきれないほどの量がありますけどね」

なにかを拒絶するような微笑み。夫の人懐《なつ》っこい笑顔とは正反対だが、どこか同じ匂いを感じる。

月菜は青年に薄い微笑みを返し、ワイングラスにタンブラーを触れ合わせた。ラップ越しではなくグラスの脚を握っている彼の指先が、月菜には新鮮に映った。

「あまり時間がないから、電話のことを話しますね」

慌てて青年の指先から視線を逸らし、自分に言い聞かせるように言った。

「麻耶からの電話ですね？」

月菜は頷き、できうるかぎり正確に彼女の「伝言」を伝えた。

その間、青年は暗い瞳をワイングラスに向けていた。

話しながら、そんな彼を誰かに似ている、と月菜は思った。

そう、童話の装丁に描かれていた少年だ。どんなタイトルか、どんな内容かは忘れたが、誰もいない夜の湖に裸で佇み、幻想的な月明かりを哀しげに見上げる少年の横顔……。

もちろん、年齢も背格好も顔立ちも違う。それでも、彼はその少年によく似ていた。

「そうですか」

月菜の話が終わると、青年は小さなため息を吐《つ》き、ワインを口に含んだ。

「私が、電話にさえ出なければ……」

「月菜さんが電話に出なくても、結果は同じですよ」

「きちんと話し合えば、違った結果になっていたかもしれないでしょう？」

つい、自分の境遇に重ね合わせ、語調に力が入ってしまう。

「いいえ。同じです。だって、僕は彼女を愛していないんですから」

彼はワインをひと息に飲み干し、ウェイターに手を上げた。同じものを。言いながら、細く白い指を立てた。

「気を悪くしたらごめんなさい。別の女性を好きになったとか？」

「昔もいまも、麻耶以外の女性とつき合ったことはありません」

「だったら、なぜ……」

「前言を撤回します。愛していないのは、麻耶だけじゃないんです。つまり、女の人を好きになった経験がないということです」

青年が、月菜の言葉を遮り早口に言った。そして、新しく運ばれてきたワインに口をつけ、上目遣いに月菜をみつめた。

不意に、鼓動が駆け足を始めた。なにか、とてつもなく重大なことを告白されるような胸騒ぎに襲われた。

「つらい思い出でも？」

月菜は、遠慮がちに水を向けた。青年がゆっくりと首を横に振り、一度眼を伏せ、小さく息を吸い込むとふたたび月菜をみつめた。

「僕は、男性しか愛せないんです」

月菜は、声を失った。そして次に、担《かつ》がれているのではないかと思った。

「年上の女性をからかうなんて、悪趣味ですよ」

月菜は口もとに微笑みを取り戻し、軽く青年を睨《にら》みつけた。

「小さい頃から、女の子とばかり遊んでいました」

青年は、月菜の笑いに釣られることもなく、ガラスの表情で淡々と語り始めた。

「男の子といると、妙に意識して、気恥ずかしくて……。もちろん、その頃は、自分の性に気づいていませんでした。ほかの人とは違うと感じ始めたのは、中学生になってからです。クラスの男子が女性のヌードグラビアを囲んで騒いでいるのをみて不潔だと思い、取り上げたり、似たようなことが原因で何度か大きな喧嘩《けんか》になったことがありました」

どうやら、からかわれているわけではなさそうだ。麻耶という女性が言っていた、打ち明けられた秘密とは、彼が同性愛者だということだったのだ。

言われてみれば、思い当たる節《ふし》はあった。

たとえば、ブルゴーニュのワインを引き合いに出した話……。


——人の数だけ答えが違うほうが、愉しいとは思いませんか？


「麻耶さんのことも、不潔だと思っていたの？」

月菜の額をウエットティッシュで拭う夫の姿が唐突に脳裏によぎり、胸の裏側がチクチクと痛んだ。

「あ、勘違いしないでください。僕が不潔だと思ったのは、女性の躰を不純な眼でみる男子のほうです」

自分もそうだった、と月菜は思った。学生時代に、クラスの担任が体操着の女子をみる視線が、いやでいやでたまらなかったものだ。

「ひとつ、訊いてもいいかしら」

いつの間にか、青年にたいして敬語を使っていないことに気づいた。知らず知らずのうちに、親近感を抱いていたのかもしれない。

それが「同性」であることになのか、「森の出口」を見失った者同士ということになのか、あるいは、その両方になのか……。

青年が細く尖《とが》った顎を微かに引き、なだらかな弧を描くようにワイングラスを口もとに運び、そっと唇をつけた。

女性よりも女性らしい。青年のなにげない仕草に、ふと、月菜は感じた。女っぽい、というのとは違う。彼は女性が息を呑むような美青年ではあるが、十分に男らしい。

それは、頑健な肉体であるとか、腕っ節が強いとか、そういうみせかけだけの男らしさではない。

たとえば、差別なく人と接し、相手の過《あやま》ちもろとも受け入れることのできる寛容な心の持ち主こそが、男らしい男だと月菜は考える。

その意味での男らしさは、女らしさにも通じるのではなかろうか。

「あなたが、その……女性のことを愛せないのならば、どうして、麻耶さんとつき合ったりしたの？」

月菜は、店員の耳を意識して声を潜めた。

「僕は、自分の性を恥だと思ったことは一度もありません。ですが、残念ながら周囲は違います。とくに、両親はね。もちろん、親にはカミングアウトしてません、というか、できないんです。両親は結婚相談所を経営してまして……まさか、息子が同性愛者だなんて噂《うわさ》が会員に広まったら、イメージダウンもいいところでしょう？　会員の前に、母が卒倒するでしょうけどね」

自嘲的に笑う青年をみて、心が軋みを立てた。

「じゃあ、麻耶さんとつき合ったのは、ご両親のためなの？」

「はっきり言えば、そうです。仕事柄、両親ともにはやく結婚しろってうるさくて。とくに父は、僕に跡を継がせたいみたいで、実家に帰るたびに山のような女性会員のプロフィールをみせて見合いをさせようとするんです。まだ結婚ははやいから、って逃げ続けてきましたけど、僕ももう、二十八になりました。はやいから、という理由で見合い話を断ることが苦しくなって……だから、申し訳ないと思いつつ、以前から僕に好意を持っていてくれた麻耶と交際することにしたんです。恋人ができれば、さすがに見合いしろとは言えなくなりますからね。彼女は、以前、この店で働いていたんです」

「なぜ、麻耶さんにカミング……告白する気になったの？」

かさかさの声で、月菜は質問を重ねた。

ストローを含もうとして、ジンジャーエールのタンブラーが氷だけになっていることに気づいた。青年の口から語られる衝撃的な内容に驚き、緊張し、喉が渇いて仕方がなかった。

「僕の都合で、彼女の時間をこれ以上浪費させたくなかったんです。どれだけ愛してもらっても、僕は麻耶に愛を返すことは一生できないわけですから」

青年が微笑んだときの翳《かげ》りが納得できた。

――彼も、普通じゃないなにかを抱えているのかもね。

夫の声が、鼓膜にリフレインする。

好きな男性がいるの？　喉まで出かかった言葉を呑み込んだ。

誰の心にも、開けてほしくない扉がある。それに、扉を開けるもなにも、青年は昨日会ったばかりの他人。これ以上、干渉する理由も必要もない。

月菜は、彼にわかるように腕時計に視線を投げた。七時四十分。三十分だけのつもりが、もう、十分過ぎていた。青年が手を上げウェイターを呼んだ。彼のグラスには、まだワインは残っている。

「月菜さん。お代わりは、いかがですか？」

「あ、私、もう、帰らなきゃ……」

「ワイン一杯分の時間を、僕にもらえませんか？」

それとも、僕を軽蔑《けいべつ》しました？　切実に訴える青年の瞳が、哀しげに揺れた。

「そんな……軽蔑なんてとんでもない」

「だったら、お願いします。僕にかぎって、心配はいりません。旦那《だんな》さんも、飲んでいるのが女友達だったら怒らないでしょう？」

青年が、意味ありげに言うと片目を瞑《つむ》った。すぅっと、月菜の気持ちは軽くなる。

「じゃあ、彼と同じものを」

訝しげな顔をするウェイターに、月菜は告げた。

そう、女同士だもの……。

呟きが、心で寒々しく響いた。

# 6

ひっそりと静まり返った桜新町の住宅街に、ヒールがアスファルトを気怠《けだる》げに刻む音が響き渡った。冬の到来を予感させる秋の夜風が、アルコールに火照った頰をひんやりと撫《な》でる。

月菜は腕時計に眼をやり、ため息を吐く。次に携帯電話の受信メールをみて、一度目より長いため息を吐く。

『わかった。八時半頃だね。今夜は、すき焼きだよ』

七時半には店を出るつもりがワイン一杯分の延長になり、結局、「フリータイム」を出たときには三杯のグラスを重ね、九時を過ぎていた。青年が思いきって告白した秘密……同性愛者だと聞いてすぐに席を立ちづらかったということ、「秘密」のせいで本当の自分をさらけ出せる相手がいなかったということ。

三十分だけ青年につき合う、という当初の予定が、二時間も延長してしまった理由ならいくらでもある。でも、どんな理由を並べても、夫以外の男性とお酒を飲んでいたという事実に変わりはない。

たとえ、まったく女性に興味のない相手だったとしても……。

それに、月菜自身、青年と過ごした時間が苦痛でなかったということが夫への罪悪感を膨らませた。

苦痛どころか、彼の話に引き込まれ、共感している自分がいた。

——本当に想っている人のことを、罪の意識なく愛し、この手で抱きしめたい。でも、僕の願いは、僕を取り巻く環境の中では許されないことなんです。

脳裏《のうり》に蘇る青年のやりきれない眼差しに、月菜の胸は我が事のように締めつけられた。

本人の言葉通り、結婚相談所を経営している両親のもとに生まれた青年には、周囲からは窺い知ることのできないプレッシャーや葛藤《かっとう》があったと思う。

本当に想っている人から愛され、抱きしめられたい。

月菜と青年は、対極的な思いを抱えている。でも、出口のみえない森で彷徨《さまよ》っているのは同じだった。

月菜は、黒いマントに覆われたような空に輪郭を滲ませる半月を見上げる。人目を忍ぶように、すべてが漆黒《しっこく》に塗り潰される夜にしか存在をアピールすることのできない月は、青年を彷彿とさせる。

眼を開けていられないほどの光輪を放つ太陽になりたい。その願いは、太陽と入れ替わりにしか姿を現せない月であるかぎり、叶うことはない。

いまでは、彼がなぜ『モジャ』を読んで涙ぐんだのかもわかる。容姿も性格も家庭環境も、なにもかもが夫と好対照な青年は、それでも、みずしまよしきにとてもよく似ていた。

マンションの五階。リビングの窓から漏れる明かりが足を重くする。三度目のため息を吐き、月菜はエントランスに足を踏み入れた。

◇　　◇

「お帰り」

いつもと変わらない赤いエプロン姿といつもと変わらない無邪気な笑顔で出迎えてくれる夫をみて、今夜の月菜は心苦しくなる。

ただいま。いつもと同じように笑顔を作り、いつもと同じようにシューズボックスの上のウエットティッシュを夫に差し出す。

ひんやりとしたアルコールの感触に続き、夫の柔らかな唇が額に触れる。

る。

「ごめんね、遅くなっちゃって」

「大丈夫。すき焼きなら、温め直せばいいから」

いそいそとキッチンに向かう夫に、俯き加減に月菜は続いた。

テーブルの鍋に張られたラップに付着する水滴と器の中の溶き卵が、月菜の胸を疼かせる。

「先に、着替えてくるね」

ガスコンロに鍋を運ぶ夫の背中に声をかけ、リビングへ向かう。

御馴染《おなじ》みのハーブの除菌スプレーの残り香が鼻孔に忍び込む。

「今日は調子がよくて、十六枚と二百二十一文字も原稿が進んだよ」

「そう、よかったね」

キッチンの夫に声を返しながら、ブラウスのボタンを外しかけた指を止めた。胸もとに、茶色の染みがついていた。昼間、「スターバックス」のコーヒーを飲んだときに飛沫が撥《は》ねたに違いなかった。

少しも、気づかなかった。当然、青年も眼にしたことだろう。

どうして、もっとはやく……。

広がりそうになる考えを慌てて追い払い、手早く部屋着に着替えキッチンに戻った。

「このペースでいけば、来年早々には脱稿《だっこう》できそうだよ」

あちちち。顔を紅潮させ、湯気の立つ鍋をテーブルに置く夫をみて、月菜は青年の「告白」をいつ切り出そうかを迷っていた。

それを切り出すには、まず最初に、彼とお酒を飲んだことから話さなければならない。

月菜は、そのタイミングをなかなか摑《つか》むことができずにいた。

「今日は、ちょっと奮発した和牛を使ってるから、おいしいよ。さあ、グラスを取って」

夫が手にするヴォーヌ・ロマネ・クロ・デ・レア……同じワインを、つい一時間ほど前まで青年と飲んでいた。

月菜の顔がほんのり赤らんでいることに、夫が気づいてないはずがない。なのに、遅くなった理由を訊ねようともせずに、別の話ばかりをしてくる。

月菜には、夫がその話を故意に避けているように思えた。そんな夫に苛立《いらだ》ちを覚え、また、そんな自分に嫌気が差した。

「どうしたの？」

ワイングラスを手に取ろうとしない月菜に、夫が首を傾《かし》げた。

「今日ね、彼に、携帯電話を返したの。そしたら、お礼がてらに、麻耶さんって女性からの『伝言』を聞かせてほしいから、お酒をご馳走したいって……」

「あ、そうだ」

夫が器の中の溶き卵をシンクに捨て、冷蔵庫から新しい卵を取り出した。卵はすぐに悪くなるからね。呟きながら、ラップで摘《つま》んだ卵の殻を器の縁で器用に割り、箸《はし》で溶き始めた。

「ほら、『夢の扉』の隣にある『フリータイム』ってバー、よし君も知ってるでしょう？彼、その店でバーテンをやっているらしくて、それで、三十分くらいのつもりでお店に行ったの」

「そう。さ、卵できたよ。冷めないうちに食べよう」

「そう、って……どうして、遅くなった理由を訊かないの？」

関係のない話ばかりをする夫。月菜には、彼がなぜそうなるのかがわかっていたからこそ、もどかしく、哀しかった。

「え……だって、それは、携帯電話を返して、女性からかかってきた電話の話をして……それから、彼はお礼がしたくて、月ちゃんも謝りたくて……」

夫がちぐはぐな物言いをしながら、手に取ったミネラルウォーターのペットボトルをテーブルに戻し、ワインボトルに伸ばしかけた手を止め、ふたたびペットボトルを掴んで、ワイングラスに注いだ。

玉のような冷や汗を額に浮かべた夫は、慌ててグラスのミネラルウォーターをシンクに捨てて、ワインボトルを手に取った。

あっ。夫の悲鳴。彼の手から滑り落ちたワインボトルが鍋の中で飛沫を上げた。

「どうしよう……どうしよう……どうしよう……」

夫が蒼白《そうはく》な顔で頭を抱え、まるで檻《おり》の中の動物のように、鍋の前で行ったりきたりを繰り返した。

「大丈夫よ、大丈夫だから、落ち着いて」

月菜は静かな声で夫を宥《なだ》めながら、鍋を抱えてワインボトルごとすき焼きをシンクに空けた。

もったいない気もしたが、仕方がなかった。夫にとっては、ワインボトルだけを取り出せばいいという問題ではないのだから。

「熱い……」

煮え立った肉汁が、手の甲に撥ねた。月菜はすぐに蛇口を捻《ひね》り、水道水で患部を冷やした。

「月ちゃんっ、大丈夫!?」

夫が月菜の腕に伸ばしかけた手を躊躇《ちゅうちょ》させ、苛立たしげな顔で激しく頭を振るとリビングに駆けた。

戻ってきた夫は消毒液を小さく水膨れになった皮膚に振りかけ、ラップで包んだ人差し指で掬い取った軟膏《なんこう》をそっと塗りつけた。

「ごめん……本当に、ごめん」

夫が唇を嚙《か》み、真っ赤な顔で俯いた。

ごめんの意味には、食事を台無しにしてしまったということのほかにも、幾通りもあるに違いなかった。

「ううん。私のほうこそ、ごめんなさい」

月菜も、幾通りもの意味を込め、夫に詫びた。

「食事、だめになっちゃったね」

夫が、シンクに視線を投げながら力ないため息を吐く。

「たまには、レンジでチン、でもいいじゃない」

月菜は冷蔵庫を指差し、努めて明るく振る舞った。

「そうだね。なにがあったかな……」

気を取り直しフリーザーを覗く夫を残し、キッチンを出た。廊下の突き当たりの部屋
……寝室に入り、ドアに背を預けた。

——それは、ぼくがそらをしらないからです。


不意に、月菜の頭に『モジャ』の一節がよぎった。

モジャはその言葉を残し、雛に別れを告げ、自分と同じ毛むくじゃらで空を飛べない鳥達のもとへ旅立った。

モジャは、自分を慕う雛の将来の幸福を願い……大空を誰に遠慮することなく羽ばたけるように姿を消した。

『空をしらないモジャ』の著者……出会った当時の夫は、たしか、モジャの気持ちをそんなふうに代弁していた。


——どうして、遅くなった理由を訊かないの?


夫の気持ちを知っていながら、なんて残酷なことを言ってしまったのだろう。

後悔の念が、月菜の心を苛んだ。

視線を、ふたつ並んだシングルのベッドの横……ベビーベッドに移した。ベビーベッドには、入り切れないほどのおもちゃとベビー服で一杯になった紙袋が、赤ん坊の代わりにぽつんと置かれていた。

——僕達の子供を主人公にした童話を「夢の扉」に並べるというのが夢なんだ。売れなくてもいい。読者は、僕と君と子供の三人で十分さ。

早々と用意したベビーベッドの脇に佇む、世界中の幸福を独り占めにしたような彼の笑顔が昨日のことのように蘇り、月菜の記憶に爪《つめ》を立てた。

——子供ができない原因は、どうやら僕にあるらしい。

半年前に夢を語っていたときと同じベビーベッドの脇で、虚《うつ》ろな視線を宙に泳がせながら夫が唐突に切り出した。そのとき月菜は、夫が内密に病院で検査を受けていた事実を初めて知った。

——どうして、言ってくれなかったの？　それに、まだたったの半年じゃない？　気にすることなんてないわよ。

慰めのつもりはなかった。月菜の友人にも、結婚して三年後に子宝に恵まれたというケースもある。

――そう、まだ半年さ。思い当たる節が、なにもない人にとってはね。

中学生の時にウイルス性の風邪が原因で四十二度の高熱を出したということが、夫の言う「思い当たる節」だった。

月菜は、なぜに僅《わず》か半年の結果で夫が病院に足を運んだか……原因の可能性が自分にあると決めつけたのかの理由がわかった。

――先生の話をわかりやすく言えば、僕の精子には君の卵子まで辿《たど》り着ける力がないらしい。

ショックはなかった。強がりでも言い聞かせているわけでもなく、月菜は、無精子症でもないかぎり十分に可能性はあると信じていた。しかし夫の方は、医者の言葉こそすべてだと思い、可能性が残されていることさえ信じられなくなっていた。

——そんな藪医者《やぶいしゃ》の言うことなんて気にしないで、いまから別の病院に行きましょう？

夫を励まし、月菜は訴えた。悪いけど、ひとりにしてくれないかな。消え入りそうな声を出す夫の震える背中をみて、彼が自分のためではなく、妻のために泣いていることを察した月菜は、言葉を続けることができなかった。

それから幾日かの間、夫は一歩も外に出ることもパソコンに向かうこともなく、寝室に籠《こも》り切りの日々を送った。

——今夜からしばらく徹夜だ。溜《た》まってる原稿を片づけないとね。

ある日、仕事から帰宅した月菜を出迎えた夫は以前の明るさを取り戻していたが、代わりに、別の変化が現れた。

一日に十回はうがいをし、なにかを触るたびにウエットティッシュで手を拭った。一番の変化は、夜の生活がなくなったことだった。

最初は、あんなことがありショックを受けているのだろうと、さして気にもしていなかった。しかし、それが一ヵ月になり、二ヵ月が過ぎたあたりで、妻に触れないのは別の理由があるのではないかという不安に苛まれるようになった。

月菜の不安は、現実のものとなった。ドアノブ、パソコン、ワインボトル、テレビのリモコン、携帯電話……。それまでは触ったあとに手を拭《ふ》く程度だったのが、物に直接触れることを拒絶するようになり、常に携帯用のティッシュペーパーを持ち歩くようになった。

月菜は、夫の異常なまでの潔癖ぶりが、強迫性障害という心の病《やまい》であることをインターネット上で知った。そして、その心の病の多くが、強いストレスや精神的ショックを受けることで発症するということも。

しかし、それ以外では、穏やかで優しく朗らかな、出会った当時の夫と変わりなかったので、月菜も、あえて彼の行動に口を出すことをしなかった。へたに話を蒸し返し、ふたたび部屋に引き籠られることを恐れたのだ。

それに、夫は自主的にカウンセリングにも通っており、時間《とき》の流れが解決してくれるだろうと楽観視していたこともあった。

甘かった。結果的には、月菜の放任が悲劇を呼んだ。夫の症状は改善するどころか日に日にエスカレートしてゆき、気づいたときには、物ばかりではなく妻に触れることもできなくなっていたのだ。

「月ちゃん。ご飯できたよ。冷凍物のピラフだけど……」

どうしたの？　寝室のドアを開けた夫が言葉を切り、憂いを帯びた顔で立ち尽くす月菜に訊ねた。

「明後日、カウンセリングだったよね？　一緒に行ってもいい？」

「え!?　だって、君、仕事は？」

夫が驚くのも、無理はなかった。この七年間で、月菜がカウンセリングに同行するのは初めてのこと。

「店番は友達に頼むから大丈夫」

「だけど、どうして急に？」

「私は、諦《あきら》めてないの。三人で作った童話を、『夢の扉』に並べることを」

月菜は夫の揺れる瞳をまっすぐにみつめた。そして、心の内で続けた。

一緒に、森の出口を探しましょう。

# 7

「ひさしぶり。ごめんね、忙しいのに朝から押しかけちゃって」

月菜は言いながら、勝手にシューズボックスを開きムートンのスリッパを取り出した。

「気にしないで。今日は、法務局に寄るつもりだったから、事務所には昼過ぎに顔を出せばいいの」

グレイのパンツスーツ姿の早智子が顔前で手をひらひらとさせながら出迎え、あなたも飲む？　とマグカップを差し出した。

頂くわ。ありがとう。キッチンに消える早智子の背中に声をかけ、月菜はリビングのドアを開けるとモスグリーンのクッションタイプのソファに腰を下ろした。

フローリング張《ば》りの十畳ほどの空間は、液晶テレビ、電話、ファクス、パソコン、そしてベッドが置いてあるだけの、生活臭を感じさせないシンプルな部屋だった。

早智子と会うのは、二週間振りだった。互いに結婚歴のある高校時代からの旧友ということを考えれば、二週間の空白をひさしぶりと表現するのは適切ではない気もするが、ふたりの「腐れ縁」は別だった。

早智子とは、学生時代から趣味や好みが合ったわけでも特別に仲がよかったわけでもないのだが、不思議とウマが合った。

夫婦ともに同じ夢に向かって……というタイプの月菜と違い、早智子は究極のリアリストだった。

夫婦は有限でどちらかが先に消費されるまでの暫定パートナーであるというのが早智子の口癖であり、じっさいに、彼女は三十三歳の若さで二度の離婚経験を持つ。

――一度目も二度目も、夫達のほうが消費されたってところかな。

あっけらかんと語る早智子には悲壮感のかけらもなく、それどころか、離婚するたびに生き生きとしてみえた。

――男は支え合う存在ではなく、アイテムのひとつとして割り切らなきゃ、こっちが消費されちゃうわよ。

ふた言目には、彼女は嘯《うそぶ》いた。

夫婦関係をひとつのツールとしか考えていない早智子の意見に共感することは皆無に近い月菜だったが、なぜか、昔からいつも行動をともにし、短大を卒業して十年以上が経ついまでも、週に一度は互いの家を行き来したり買い物をしたりする仲だった。

対照的な性格のふたりが、自分にはない魅力に惹《ひ》かれ合っている、というのとは違った。月菜は、早智子のライフスタイルを羨《うらや》ましいと思ったことは一度もなかった。彼女もまた、同じに違いなかった。

ただ、ひとつだけはっきりしているのは、早智子の物の考えに共鳴はできなくても、認めている、という気持ちがあるということだった。

受け入れる受け入れないは別問題として、自分の信念を貫き通している早智子の生き様を立派だと月菜は思う。

彼女に引き換え……。

「ちょっと煮詰まってるけど。で、頼み事ってなに？」

早智子が熱い湯気を立ててるマグカップを差し出しながら、月菜の正面に座る。メンソール煙草をパッケージから直接口で引き抜き火をつける仕草が、よく似合っていた。

「早智子、明日、休みだったよね？　悪いんだけど、お昼から三時間くらいお店のほうをお願いしたいのよ」

彼女は、日本橋の弁護士事務所に事務員として週に四日通っているのだが、月菜が私用で「夢の扉」に出られない際には、臨時書店員として何度か店番を頼まれてくれているのだった。

「別にいいけど。なにか用事？」

「よし君のカウンセリングに、一緒に行ってみようと思うの」

「初めてだっけ？」

月菜は頷き、マグカップを傾ける。コーヒーというよりもエスプレッソに近い濃く苦い味が口内に広がった。

煮詰まったコーヒーを出すなんて、と思う人もいるかもしれないが、月菜には、この、「気を遣わない関係」というのが楽で居心地がよかった。

「でも、あなたも辛抱強いっていうか物好きっていうか。よく、そんな生活を七年も八年も続けられるわね」

顔を横に向け、窄《すぼ》めた唇から糸のような紫煙《しえん》を吐き出しつつ早智子が言った。

早智子には愚痴とか相談ではなく、夫の抱える問題を話していた。

一歩間違えれば夫を侮辱しているような物言いにも、カチンとくることはなかった。

彼女は彼女で、過去の夫達の稀有《けう》な性癖《せいへき》や現在つき合っている彼氏のことをあけすけに話し、互いに、ずけずけと思ったことを口にする。そこには、問題解決を願う気持ちも依存もない。

不満や腹立たしさが募るのは、相手になにかを期待したり答えを求めたりするからだ。

ふたりとも、ただ、話したいことを話し、言いたいことを言ってストレスを解消しているに過ぎなかった。

そして、それが一番、友情を長続きさせる秘訣《ひけつ》だということに、月菜は最近になって気づいた。

「好きでもない人だったら我慢できないけど、私は彼のことを愛しているから、そういう意味では苦にならないの。でも、愛しているからこそ、苦になることもあるけどね」

もしかして、のろけてるわけ？　早智子が、呆《あき》れたように大きなため息を吐く。

「そうじゃなくてさ、ほら、たとえば、しようがないことだとわかってても、触れてほしいときがあるじゃない？」

「つまり、セックスしてほしいってことでしょう？」

「そういう気持ちが全然ないって言えば嘘になるけど、私が言ってるのは、寄り添ってテレビをみるとか、手を繋いで歩くとか……夫婦が呼吸をするみたいに普通にやっていることよ」

「なに言ってるの。夫婦なら、セックスだって呼吸と同じよ」

早智子が、あっけらかんと言った。たしかに、彼女の言うとおりなのかもしれない。

米国では、セックスレスが裁判で堂々と離婚の理由になっているように、円満な夫婦生活においてセックスがすべてではないにしろ、必要不可欠な行為であるのは事実だ。

「私なら無理。七年どころか、数ヵ月でもクビにするわ。ほら、前に話した一番目の旦那がそうだったのよ。月菜のとこほど極端じゃなかったけど、三ヵ月くらい夜は音沙汰《おとさた》なし。だから、二番目の旦那と関係を持ったの。でも、その旦那も最初だけで、あとは一番目と似たり寄ったりね。結婚なんて、するもんじゃないわよ。男なんて、すぐに新しいおもちゃに目移りするんだから。そのくせ、妻には貞淑《ていしゅく》さを求めるわけでしょう？　わかってないのよね。セックスがしたいのは、男ばかりじゃないってことを」

早智子の考えはある意味当たっているのかもしれないが、夫は違う。彼の場合は、新しいおもちゃに目移りしているわけではない。

しかし……と月菜は自分の心を覗き込む。最後の言葉は、月菜も否定はできなかった。

ただし、それは相手が夫ならの話だ。

「仁《ひとし》って男のコとは、うまく行ってるの？」

彼女は三ヵ月前から、八つ歳下の男性とつき合っていた。同じ弁護士事務所でアルバイトをしている男性らしく、月菜も一度会ったことがあるが、清々《すがすが》しい笑顔が印象的だった覚えがある。

「物足りないとこはあるけど、まあ、及第点かな。やっぱり、若いっていいわね。素直だし、前向きだし。なにより、あっちのほうが最高よ」

朝っぱらから、なに言ってんだろう、私。早智子が、おかしそうに笑う。

彼は、麻耶という女性と肉体関係を結んでいたのだろうか？　それとも、男性相手に……。月菜は慌てて、思考のチャンネルを切り替えた。

「月菜にも、仁の友達を紹介してあげようか？」

早智子が、悪戯《いたずら》っぽい表情で言った。

「なに馬鹿なこと言ってるのよ」

月菜は冷めた声を返し、腰を上げた。心を見透かされたようで、羞恥《しゅうち》が体温を上昇させる。

「あら、もう、行っちゃうの？」

そろそろ店を開けなきゃ。お昼から、頼んだわよ。腕時計に視線を落としつつ月菜は玄関に向かった。

本当はもう少し話せる時間はあったのだが、もう、青年のことを思い出したくはなかったのだ。

「報酬はイタ飯《めし》三回分。ワイン付きでね。私って、なんて欲がないんでしょう」

月菜を見送りに出てきた早智子が軽口を叩く。

「ファミレス二回分でグラスワイン一杯まで」

「まあ、財布の紐《ひも》が固い店主だこと」

じゃあ、よろしくね。苦笑いを浮かべる早智子に笑顔を返し、月菜は外へ出た。

「ここで止めてください」

運転手から釣り銭を受け取るやいなや、月菜は後部座席を飛び出した。電車にすればよかったなどと後悔しながら、巨大な墓石を彷彿とさせる都庁の建物の脇を駆け抜けた。

上下に揺れる腕時計の文字盤に視線を落とす。約束の十二時半を二十分近く回っていた。

佐倉《さくら》クリニックの入る西新宿のESビルのロビーで、夫とは待ち合わせをしていた。夫には十五分ほど前に、遅れるから先に待合室に行っててほしいと電話を入れていたのだが、東口から西口に抜ける大ガードの付近が事故で渋滞していて、目的地に到着したときにはカウンセリングが開始される一時まで十分を切っていた。

天に聳《そび》えるガラス張りの円柱型の建物……ESビルのエントランスホールを横切り、エレベータに乗る。

# 8

三十三階のボタンを押した。高層ビル群のグレイの景色が勢いよく縦に流れ、不快な浮遊感に襲われる。

エレベータを降りると、メモ用紙に書き留めた部屋番号を探した。3006号の前で歩を止めた。月菜は、小さく息を吸った。

こんにちは。初診の方でしょうか？　自動ドアを潜《くぐ》ると、正面の受付カウンターに座る女性が心和《なご》む微笑みを投げてきた。

オルゴールの心地好いBGMが、月菜の緊張を解きほぐしてゆく。

「いえ……こちらでお世話になっている水島良城《よしき》の妻ですが」

「水島さんは待合室にいらっしゃいます。待合室はこちらになっておりますので、どうぞお入りください」

失礼します。女性が向けた右手に従って歩を進めた。パーティション代わりの観葉植物の向こう側に、夫の横顔がみえた。

「よし……」

夫の隣にいる若い女性の姿を認めた月菜は、上げかけた右腕を宙で止めた。

「エレベータのボタンを押すときとか、吊《つ》り革に摑まるときとか、ティッシュを使っていると周りが白い目になっちゃって。最初は、それが凄くいやで外出するのが億劫《おっくう》になってきてね」

「水島さんもですか？　私もそうなんです。昨日、コンビニのレジで、前に並んでいる女の人のハンカチが私の足もとに落ちたんです。そのとき、いつも持参している手袋を忘れてて……。どうしよう、どうしようって思っているうちに、その人がお会計を済ませて店を出ようとしたから、私、自分のハンカチで彼女のハンカチを包むようにして拾い、声をかけたんです。そしたら、なに、この人？　みたいな眼でみられちゃって……。ハンカチをハンカチ越しに摑むなんて、いやな女だと思われても仕方がないですよね。店員も周りのお客さんも変な眼でみてるし……もう、外に出るのが怖くなっちゃって」

女性が、膝上に載せたハンカチを握り締め、哀しげに眼を伏せた。

歳の頃は二十四、五。黒目がちな瞳と透けるように白い肌が印象的な、美しい女性だった。

待合室には、ほかに、携帯電話の液晶ディスプレイに息を吹きかけてはハンカチで拭くことを延々と繰り返す四十代と思しき男性と、マスクをかけて両手を上着のポケットに入れた初老の女性がいた。

「それは、つらかったね。千春《ちはる》ちゃんの気持ちはわかるけど、引き籠るのはよくないよ。殻に閉じ籠っているうちに、その殻がどんどん厚くなって、気づいたときには外に出たくても出られなくなってしまうから」

夫が女性……千春に向けた優しい笑顔をみて、口の中がからからに干上がり胃袋が伸縮した。

彼が若く魅力的な女性と親しげに話しているということだけが、肉体の異変の原因ではなかった。

ふたりにしかわかり得ない共通の苦しみを耳にし、月菜は疎外感に苛まれた。

夫が彼女の名を呼んだことから察しても、ふたりの「セラピー」が昨日今日始まったものではないことが窺えた。

気づいたときには、足を踏み出していた。

「よし君」

やあ、月ちゃん。遅かったね。いつもと変わらぬ夫の態度に広がりかけた安堵《あんど》感が、千春の戸惑ったような表情を眼にすることによって不快な気分に取って代わられた。

「千春ちゃん、彼女は……」

「いつも主人がお世話になっております。妻の月菜です」

夫の言葉を遮るように、月菜は自己紹介をした。

「あ、村山《むらやま》千春と申します。こちらこそ、水島さんにはなにかと親切にして頂いて……」

慌てて立ち上がり、頭を下げる千春。どぎまぎとした彼女の態度が、月菜の懐疑心を膨らませ、神経を逆撫《さかな》でする。

「気にしないでいいのよ。よし君は、誰にでも優しいんだから」

思わず、声が棘々《とげとげ》しくなる。そうでもないよ。月菜の心のさざ波に気づかぬ夫が呑気に照れ笑いを浮かべた。

「水島さん、どうぞお入りください」

受付の女性が夫を呼びに現れた。

「千春ちゃん。今度の合同カウンセリングは出てこられるの？」

「合同カウンセリング？」

千春が首を傾げる。

「あれ、君、初めてだったっけ？」

「はい」

「ぜひとも参加することを勧めるよ。同じような悩みを持っている人達と接したら、気分が違ってくるから」

「よし君。はやくしないと、先生が待ってるわよ。カウンセリングが終わったら、どこかでお食事しましょう。今日は、早智子に任せてあるから夕方まで店に戻らなくてもいいの」

月菜は弾んだ笑顔で、夫をカウンセリング室へ促しながら言った。

本当は、三時までに帰ると早智子には伝えてあった。

夫を頼りにしている心の病を患《わずら》った彼女に、必要以上に夫婦仲のよさをみせつけようとしている自分がいた。

いつから、こんなにいやな女になってしまったのだろう。

夫に向けた顔とは裏腹に、月菜の心は暗く沈んでいた。

# 9

「先日、ウチの六歳になる子供が面白いことを言ってましてね」

佐倉医師が、椅子の背凭《せもた》れに深く身を預け、穏やかな笑みを湛《たた》えながらのんびりとした口調で切り出した。

机の上の花瓶に挿《さ》された大輪の薄いピンクのバラ、壁にかけられたパウダースノーの砂浜とボニンブルーの海のパネル、月菜と夫に出されたウェッジウッドのティーカップ、窓から射し込む柔らかな陽光に包まれたクリーム色の室内……。

月菜が病院の診療室というものに抱いていたイメージは、室内に一歩足を踏み入れた瞬間に見事に覆《くつがえ》された。

佐倉医師のもとに初めて夫が訪れたのは、もう七年も前のことだった。

――かなりよくなってきたみたいだし、しばらく、カウンセリングを休むことにしたから。

佐倉クリニックに通い始めて半年ほどしたある日、明るい口調で夫はそう告げた。しかし、夫の病状が改善されているようにはみえず、不安になった月菜は内密に佐倉医師に電話を入れたのだった。

――そうですか。ご主人がそんなことを。恐らく、カウンセラーがカウンセリングの際に核心に切り込んだことで、ご主人は拒絶反応を起こしたものと思われます。

――どういうことでしょう？

――強迫性障害のほとんどが、心の病……つまり、トラウマに因《よ》るものなのです。当クリニックでは、最初の数ヵ月間は心身ともにリラックスしてもらうことを重視し、本人が喋る気にならないかぎり、こちらからは原因について一切触れないことにしているのです。焦らなくても、はやい患者さんで一、二ヵ月、遅い患者さんでも三ヵ月ほどカウンセリングを続けていれば、あちらから心の問題を語り始めてくれますからね。しかし、ご主人の場合、お仕事や奥様のことはよく話してくれるようなのですが、原因についてはまったく口にしようとしないのです。週に一度のカウンセリングを始めて半年が経っていたこともあり、昨日、カウンセラーが思いきって、きっかけはなんだったのかということを訊ねてみたのです。

佐倉医師は、思い当たる節を残念そうに語った。

——もし、ご主人の抱えている問題をご存じならば、教えて頂けないでしょうか？ もちろん、私の胸でとめておきます。原因がわかれば、もっといい形でのカウンセリングを行えるかもしれませんからね。

月菜は、佐倉医師の期待に応えることができなかった。いや、しなかった。

本人に伝えないとはいえ、それをやってしまえば夫を裏切るような気がしたのだ。それから五年の歳月が流れ、どういう風の吹き回しか、ふたたび夫は佐倉クリニックに通うようになった。

佐倉医師からかかってきた電話で、月菜は、夫が自《みずか》ら心の問題を打ち明けたことを知った。

その話を聞いたときに、月菜は涙が出る思いだった。五年間、夫はただ眼を逸らしていただけではなく、悩み、苦しんでいたのだ。

「日曜日に、家族で倉庫の片づけをしていたときに、家内が壁に這っていたナメクジに悲鳴を上げたのをみた息子が言ったんです。ママ、背中にお家をつけたらカタツムリと同じだよ、と。なるほどな、と感心しましたよ。どちらかといえば、カタツムリはナメクジと違っていいイメージがあるでしょう？　でも、息子の言葉を逆に言えば、背中の殻を取ってしまえばナメクジですからね」

男性のカウンセラーが柔和に眼を細めた。仕事柄なのか、彼の顔からは微笑みが絶えず、口調ものんびりとしたものだった。

彼は、さっきのような場面に出くわしても、いまのように穏やかな気持ちでいられるのだろうか？

自分には、とてもまねのできない芸当だと月菜は思う。

現に、カウンセリングが始まって三十分が経つというのに、千春の夫をみる頼りきった眼と、夫が彼女に向けた優しい笑顔が頭をよぎり、カウンセラーの話に集中できない自分がいた。

夫はいつ彼女と出会ったのだろうか？　カウンセリングの曜日は同じなのだろうか？　彼女のことをちゃんづけで呼ぶほど親しい間柄なのだろうか？

「つまり、先生の息子さんのように、思考のスイッチを切り替えてみたほうがいい、ということですか？」

夫の声に、月菜はあの色白の美しい娘を慌てて頭から追い払った。

「さすがは作家さんですね。私が言いたかったのは、発想の転換です。もちろん、すぐにそうできるものではないということもわかっています。ただ、このドアノブを触るのはいやだな、と思ったときに、ラップを手にする前に、ある連想ゲームをしてほしいのです」

連想ゲーム？　夫が首を傾げる。

「そう、連想ゲームです。ちょっとやってみましょうか？　私がもうひとりのあなたになって独り言を呟きますから、水島さんはあなた自身に答えてあげてください。では、いきますよ？　私は、なぜドアノブを触るのをいやだと感じるのだろうか？」

「手に菌が付着するからです」

「敬語を使う必要はありません。できるだけ、自問自答しているような感じでお願いします。では、続きを。たしかに菌は付着している。でも、みなは平気で触っているではないか？」

「だけど、僕はみなより菌にたいする免疫力が弱いから……」

「なぜ、そう思う？」

夫が、窺うように月菜をみた。月菜は、カウンセラーが仕かけたこの連想ゲームの意図がわかった。そのとたんに、鼓動が高鳴り膝の上に載せていた掌が汗ばんだ。連想ゲームが進んだ際のことを考えると、気が気ではなかったのだ。

しかし、月菜は、夫に向けて力強く顎を引いてみせた。恐れていては、なにも始まらない。森の出口をみつけるには、たとえそれがどんなに険しい道だろうと、一歩を踏み出さなければならないのだ。

「中学生のときにウイルス性の風邪で高熱を出したことが原因で、子供ができなくなった。だから……」

「だから、細菌が怖くなったのか？」

夫が、力なくうなだれた。いや、頷いたのだった。

「なるほど。だが、菌が怖いからといって遠ざけてばかりいれば、よけいに免疫力が低下し、ほかの者が平気な微弱な菌にさえやられてしまうぞ」

「わかってる。だからこそ、僕は細心の注意を払って……」

「払って……そして、奥様のことまで、それで触るんですか？」

カウンセラーが、夫の手に握り締められたラップに視線を投げて言った。瞬間、夫の顔が凍《い》てついた。月菜は、弾かれたようにカウンセラーに眼をやった。

「ここまでにしておきましょう。では、来週のこの時間に、また」

表情にこそ穏やかな笑みを湛えていたが、どこか突き放したようなカウンセラーの態度に、月菜は疑問を感じた。

カウンセリングの最後の言葉にしても、どこか相応《ふさわ》しくないものに思えた。

「あ、奥様は、少し残って頂けますか？」

夫を促し立ち上がろうとする月菜を、カウンセリング室に入ってきた佐倉医師が呼び止めた。

◇　◇

「では、失礼します」

月菜は椅子から立ち上がり、佐倉医師に頭を下げた。

「奥様。いまが、踏ん張りどころですよ」

もう一度、頭を下げ、月菜は診察室をあとにした。

夫のいる待合室ではなく、トイレへ足を向ける。ドアに背を預け、深いため息を吐く。

——いわゆる、ショック療法というものです。ご主人の症状は改善するどころか、日増しに悪化してます。このままでは、そのうち、自分の躰に触れることもできなくなるでしょう。それで、奥様の力を借りたわけです。カウンセリングを続けてわかったことは、ご主人が奥様を深く愛しているということです。しかし、それがある意味、彼自身を追い込む結果になっているのです。

記憶でリプレイされる佐倉医師の言葉に、月菜はもう一度深いため息を吐く。

佐倉医師の言うショック療法とは、夫がいま抱えている以上の不安……夫婦関係の危機という刺激を与えることにより本人の意識改革を促すというものだった。

——強迫性障害は、時間《とき》が経てばなんとかなるという病ではありません。なんとかなるどころか、最初は心の問題から発した行為が悪しき習慣として定着し、喫煙と同じように日を追うごとにエスカレートしていく傾向があるということなのです。そこまで病状が進んでしまえば、きっかけになった彼の抱える問題が解決されても強迫性障害は治りません。もう、七年です。これが、最後のチャンスだと思ってください。来週からは、カウンセリングで少々荒療治を行いますので、ご主人は落ち込むことが多くなるかもしれません。このショック療法を成功させるには、一にも二にもご主人の心が折れないようにすることです。そのためには、ご家庭での奥様の協力……つまり、彼の安息の場が必要になります。大変なことではありますが、ご主人の心の支えになってあげてください。

月菜は、大きく息を吐く。今度はため息ではなく、自分に活《かつ》を入れるためのものだった。佐倉医師が言うように、彼を支えることができるのは、妻である自分しかいないのだ。

気を取り直し、トイレを出た。

「元気を出してください。いつもの水島さんらしくありませんよ。私も、頑張って合同カウンセリングに参加しますから」

待合室から聞こえる女性の声。夫の隣に座り、励ましの声をかける千春。月菜の頭の奥で、なにかが弾ける音がした。きたときとは違い、今度は立ち止まらなかった。

「あ、どうも……」

「よし君。行こう」

慌てて腰を上げ頭を下げる千春を無視して、夫に呼びかけた。

「はやく」

気遣うように千春を振り返る夫の姿が、月菜の語気を強めた。じゃあ、またね。千春に手を上げる夫を置き去りに出口に向かった。

月ちゃん。どうしたの？　慌ててエレベータに駆け込みながら訊ねる夫。月菜は唇をきつく引き結び、うつろいゆくオレンジ色のランプをみつめた。

月ちゃんてば。夫の呼びかけを無視する。おとなげない、とは思う。しかし、ほかの女性に弱い部分をみせる夫が許せなかった。

なにを怒ってるの？　カウンセリングのときに、あのことを言ったのまずかった？　本当に、どうしたのさ？

新宿駅までの道すがら、問いかけ続ける夫に月菜は一切口を開かなかった。口を開けば、夫にひどいことを言ってしまいそうで怖かったのだ。

「月ちゃん。なんとか言って……」

「私、お店に行かなきゃならないから」

月菜ははや口に告げると、呆然《ぼうぜん》と佇む夫を残してホームの階段を駆け上った。

◇　　◇

「あら、はやかったじゃない？」

レジカウンターでファッション誌を捲っていた早智子が、意外そうな顔で言った。店内には、子供連れの母親がひと組いるだけだった。熱心に「良書」を探す母親とは対照的に、五、六歳と思しき男のコは大声を出しながらフロアを駆け回っていた。

「うん。カウンセリングが予定よりはやく終わったから。それより、お店のほう、どうだった？」

月菜は、早智子の詮索が入る前に話題をカウンセリングから逸らした。

「相変わらず、ゆっくり休むには最適の暇さ加減ね」

ただし、ああいうのがいなければね。早智子が走り回る男のコにちらりと視線を投げ、月菜の耳もとで囁《ささや》いた。


——いつもの水島さんらしくありませんよ。


不意に蘇る千春の声。いつもの、という彼女の口振りが頭から離れなかった。あの待合室での不快な感情が胸を暗鬱に染める。

あ、そう言えば……。椅子から立ち上がった早智子が、不意に悪戯っぽい顔になり、月菜の腕を肘《ひじ》で小突《こづ》いた。

「なによ？　気味が悪いわね」

「榎克麻《えのきかつま》って男の人が、あなたを訪ねてきたわよ。誰？」

「えのきかつま？」

月菜は、聞き覚えのない名前を鸚鵡返しに訊ねた。

「またまた、惚《とぼ》けちゃって。月菜は留守だって伝えたら、電話くださいって。はい、これ」

早智子が差し出すメモ用紙に眼を落とす。榎克麻。090‐1044……。惚けているのではなく、月菜には本当に覚えがなかった。

「背が高くて、涼しげな眼をした美青年だったわよ」

あ……。脳裏に、「フリータイム」でワイングラスを傾ける青年の顔が浮かんだ。

「よし君ひと筋って顔してるくせに、なかなかやるわねぇ。ねえねえ、彼とどんな関係？もしかして、セックスフレンド？」

「ちょっと、馬鹿なこと言わないで。そんなわけないじゃない」

囃《はや》し立《た》てるように質問を重ねる早智子を軽く睨みつけながら、月菜はあれやこれやと思考を巡らせた。

いったい、なんの用事だろうか？　彼の容姿のイメージからは懸け離れた力強い筆跡をみて、妙に鼓動がはやくなる。

「あ、ムキになるところをみると、怪しいぞ」

「あのね、彼は、この前ウチの店に携帯電話を置き忘れたお客さんなの。早智子が考えているような関係じゃないって」

「でも、携帯電話は返したんでしょう？　どうして、電話をくださいなんて伝言を頼むのかしらねぇ」

早智子が、ニヤニヤと笑いながら月菜の顔を覗き込む。

同感だった。月菜は、胸の奥底で微かに蠢《うごめ》くある感情から慌てて意識を逸らした。

遅い昼食……月菜はレジカウンターでパニーノを頬張りながら、十一桁《けた》の数字が並ぶメモ用紙をみつめた。

麻耶という女性との間で、なにか揉め事が起こった可能性は十分に考えられた。

それとも、まったく別の用件なのかもしれない。

しかし、青年がどんなつもりで伝言を残したにしても、きちんと事情を説明して詫びを入れた以上、月菜には、彼に連絡をする理由も義務もなかった。

パニーノの包みと一緒に、メモ用紙を屑籠《くずかご》に放った。

青年のことを頭から消し、月菜はデパートの紙袋からワインボトル……リシュブールとリップグロスを取り出す。

ワインは、いつも飲んでいるものより上等なものを、リップグロスはほんのりとしたピンク色のものを選んだ。

なんの記念日でもないのに高価なワインと、普段はつけないリップグロスを買ったのには、月菜なりの理由がある。

七年の歳月をリセットするために、月菜も新しい一歩を踏み出すことを誓った。

脳裏に、千春の瑞々《みずみず》しく透き通った肌が浮かんだ。

月菜は買ったばかりのリップグロスを手に取り、スタンドミラーを覗き込む。

ベージュピンクのルージュの上にリップグロスを塗り、唇で馴染ませる。濡れた感じの艶《つや》が出ただけで、表情に色香が漂《ただよ》い、別人になったような気がした。


——ねえ、月ちゃん。どうしたのさ？


蘇る夫の声が、月菜の胸をチクリと刺す。

妻として、夫と親しげに話す若い女性にたいして不快な気分になるのは仕方のないこと。けれど、自分の取った態度は少々行き過ぎていたのかもしれない、と月菜は佐倉クリニックを出てからの態度を省《かえりみ》る。

——ご主人の、心の支えになってあげてください。

佐倉医師の言葉に促されるように、パールホワイトのコードレスホンを手に取った。携帯電話の番号か自宅の番号かで指先が迷う。

腕時計に視線を落とす。夫と別れて一時間とちょっと。月菜は、八桁の番号をプッシュした。

もしもし。一回目のコールで夫が電話に出たことが嬉しかった。

「あ、私だけど……」

家を飛び出し戻ってきた思春期の娘のような硬い声を送話口に送り込む。

『月ちゃん。心配したんだよ』

「さっきは、ごめんなさい」

素直に詫びた。でも、なにを謝っているのかは口にしたくなかった。

『いや、僕も鈍感過ぎたんだ』

「今日ね、ちょっと仕事を早目に切り上げるから。よし君も、私が帰るまでに原稿のほう終わらせてて。渋谷のデパートで、ちょっと奮発したワインを買ったの」

月菜は、夫に言葉の先を続けさせないように話題を変えた。

わざわざ、「そのこと」について話し合う必要などなかった。

話をすれば、「そのこと」が夫婦にとって重要な問題であると認めることになる。

『わかった。愉しみにしてるよ。月ちゃん。あれから、考えてみたんだ。君が、千春ちゃんのことで気を悪くしたんじゃないかって』

夫の彼女にたいする呼びかたと、胸の内を見透かされたことで、月菜の心はふたたびざらつき始めた。

「もう、いいって」

『千春ちゃんは、幼い頃に、弟が目の前で車に撥ねられるのをみてしまって、それで、自分のせいだと思い込んで……。僕のケースは彼女の場合とは違うけど、気持ちがよくわかるんだ』

「私には、わかってあげられないものね」

その気はないのに、皮肉が口をつく。

『月ちゃん。僕は、彼女のことを自分のことのように考えただけで……』

「佐倉クリニックには、ほかにも患者さんは一杯いるでしょう？　携帯電話をずっとハンカチで拭いていた男の人だって、マスクをしてポケットに手を入れていた女の人だって。

どうして、彼女のことだけ、そう肩入れするの？　かわいそうなのは、彼女だけじゃないでしょう？」

いけない、いけないと思いつつも、溢れ出す感情の流れを塞《せ》き止めることができなかった。

『君は、なにか誤解をしているよ。千春ちゃんは、結婚している男性にどうこうするような女性じゃないって』

釈明する、というよりも、千春を庇《かば》うような夫の物言いに理性の箍《たが》が外れた。

「あたりまえじゃない。私が言いたいのは、頼る相手が違うってことよ。悩みがあるのなら、佐倉先生やカウンセラーさんに相談すればいいでしょう？　あなたもあなただわ。カウンセリングでつらいことを言われたからって、どうして彼女に頼るのよ？　私より、会って数ヵ月かそこらの他人の言葉のほうが安心できるとでもいうの？」

『月ちゃん……』

「よし君も彼女も、つらい者同士なのかもしれない。でも、私だって、あなた達に負けないくらいにつらいわ。夫に、触れることも、触れてもらうこともできない。だけど、よし君の気持ちを考えて、七年間、ずっと耐えてきたんじゃない」

電話の向こう側から、夫が息を呑む気配が伝わってきた。

すぐに、後悔が押し寄せる。

耐えてきた。それは本当のこと。けれど、我慢、という意味ではなかった。

『迷惑をかけていることは、悪いと思っている。でも、我慢してまで、一緒にいてほしいとは思わない』

夫が、掠《かす》れ、震える声で言った。コードレスホンを持つ月菜の指先も震えている。

「じゃあ、彼女に一緒にいてもらえばいいじゃない。お互い、気持ちがわかり合える者同士でね」

ひと言なにかを口にするたびに、醜い女になってゆくようで、自分がいやになる。

『少なくとも彼女には、僕の病気に関して気を遣う必要はないからね』

夫が、いままで聞いたことのないような、暗く、無機質な声音で言った。

「そう。よかったわね。じゃあ、お客さんがきたから」

平静を装い、月菜はコードレスホンのスイッチを切る。抜け殻のように立ち尽くし、無人の店内に視線を巡らせた。

子供に夢を与える空間が、いまの月菜には寒々とした牢獄に思えた。

森の出口に向かうはずが、一歩踏み出すたびに、藪の奥へ、奥へと迷い込んでしまう。

月菜は倒れ込むように椅子に座り込み、机の上のリシュブールを力なくみつめる。

——我慢してまで、一緒にいてほしいとは思わない。


「我慢なんかしてない」

月菜は、蚊の鳴くような声で呟いた。

いまさらなにを言ったところで、もう遅い。

時間《とき》を巻き戻すことも、傷つけ合った記憶を消すこともできはしないのだから。

月菜の手には、いつの間にか屑籠から拾い上げられたメモ用紙が握られていた。

無意識に、十一桁の番号ボタンを押す。高鳴る鼓動とコール音が重なり合う。電話を切ろうかどうか束の間迷った。

『はい。榎です』

「『夢の扉』の月菜です」

青年の声に導かれるように、月菜は口を開いた。

『あ、どうも。すみません、電話を頂いちゃって』

「留守番の者から、あなたの伝言を聞かされたもので」

いかにも、義務的に、というふうを装い青年の言葉を待った。

『いや、特別に用事があったわけじゃないんですけど、なんだか、月菜さんの声が聞きたくなって』

ストレート過ぎる青年の言葉に驚きと戸惑いを感じたが、夫との生活で待つことに慣れた月菜には、その直接的な表現が心地好く、新鮮だった。

『明日、お昼休みに、お食事でもいかがですか？　月菜さんの店の近所に、「シエスタ」っていうおいしいスペイン料理のお店ができたの知ってます？』

思わず、コードレスホンを持つ手に力がこもり、体温が上昇した。

「シエスタ」は「夢の扉」から歩いて五、六分の、月菜がよく利用しているコーヒーショップの入ったビルの地下一階にある。

オープン時に早智子と一緒に入ろうとしたのだが、あまりの長蛇の列に断念したのだった。

「ええ。でも……」

『お食事だけです。今度は、ワイン一杯分の時間をくださいなんていいませんから。ただ、カミングアウトしたのは月菜さんと彼女だけなので、いろいろと話したいことがあって』

安堵と落胆が、月菜の心を綱引きする。

女性同士……早智子と食事に行くようなもの。つまりは、そういうことだ。

月菜は、「安堵」と「落胆」にそう言い聞かせた。

「わかった。十二時半頃でもいい？」

『僕は、月菜さんがきてくれるのなら何時でも』

青年のおどけた口調に釣られ、綻びそうになる口もとを引き結ぶ。

夫が千春と共有しているものがあるように、心に空白がある者同士、月菜も青年になら、いまのどうしようもない気持ちをわかってもらえそうな気がした。

じゃあ、明日。月菜は電話を切り、鏡の中の自分と視線を合わせた。

そこには、さっきまでと違い物憂《ものう》げな顔をした女性がいた。

◇　◇

ただいまも言わずに、玄関に入る。いつも出迎えてくれる、赤いエプロン姿の夫はいない。

気のせいか、シューズボックスの上のウエットティッシュが寂しげにみえる。

冷え冷えとした廊下を進み、キッチンに入る。ダイニングテーブルには、ラップをかけられたチキンのトマトソース煮とエビピラフの皿が並んでいる。

月菜はエビアンのペットボトルの横にリシュブールを置き、リビングに向かう。

キーボードを叩く音とハーブの香り。聞き慣れた音と嗅ぎ馴《かな》れた匂いも、今夜はなぜかよそよそしく感じられる。

「ただいま」

夫の背中に声をかける。

「お帰り。食事の用意してあるから」

パソコンのディスプレイに躰を向けたまま、夫が言った。

「ありがとう。明日から、もう、私のぶんはいいから」

そう。心なしか、寂しげな声。

意地悪で言ったのではない。

ただ、こんなムードで、夫に料理を作らせることも、食べる気にもなれなかっただけの話だ。

「あなたは、食べないの？」

「まだ、仕事が残ってるから。君は、先に食べてていいよ」

あなた。君。互いの呼びかたが、ふたりの空気の冷え具合を如実《にょじつ》に表している。

「そうするわ」

月菜は寝室で部屋着に着替え、食卓につく。

カウンセリングでのショック療法。千春への嫉妬《しっと》。夫との喧嘩。青年との電話。

今日は一度にいろいろなことがあり過ぎて、食欲がなかった。

——ご主人の、心の支えになってあげてください。

夫の支えになるどころか、自分は、明日、別の男性と昼食を摂《と》る約束をしている。
月菜はリシュブールに伸びかけた手を止めた。
これは、新しい一歩を踏み出す前祝いとして買ったワインだ。
思い直し、エビアンをグラスに注ぎ、ひと口だけ流し込む。
紙ナプキンで、唇の水気とともにリップグロスを拭き取った。
果たして、このワインを開ける日が訪れるのだろうか。
月菜は、ナプキンに滲むピンクの染みに虚ろな視線を落とした。

# 10

約束の十分前に、月菜は「シエスタ」に到着した。自動ドアを潜ると、窓際の席で克麻が軽く手を上げた。

昼時とあって、店内はサラリーマンやＯＬ客で込み合っていた。

月菜は克麻に会釈し、入り口脇の壁にかけてあるボディミラーに視線をやった。

艶のある唇。昨日、デパートで買ったリップグロスを塗ってきたのは、夫への腹癒《はらい》せもあったのかもしれない。

服装は、襟もとにリアルファーのついたローズピンクのセーターに同系色のツイードのスカートを合わせていた。

色合いもデザインも自分には若過ぎる気がして、買ったきりクロゼットに眠らせていたものを手に取ったのは、五つも年下の男性と昼食をともにするということが関係しているのは否定できなかった。

いま、月菜の正面に立つ鏡の中の女性が、克麻の眼にどう映るのかが気になった。

「待たせてごめんなさい」

内心の不安を押し隠し、月菜は克麻の正面の椅子に腰を下ろす。

「待ちきれなくて、僕がはやくきちゃったから」

さらりと、克麻が口にする。

彼はホストになれば人気が出るだろう、と月菜は思う。もちろん、悪い意味ではない。ひとつ間違えれば軽薄なものになりかねないセリフも、克麻が言うと自然に受け入れてしまうから不思議だ。

それは、彼が女性にたいして下心がないからなのかもしれない。

「まあ、口がうまいのね」

言いながらも、悪い気はしなかった。

「僕には、取り柄と言えるものはあまりないけど、これだけは誇れる、ということがあるんです」

「なに？」

「思ったことをそのまま口にする、ってことです。たとえば、出された料理をおいしいかと訊かれたときに、自分がそう思わなければ、僕は好きじゃない、とはっきり言っちゃうタイプです。あ、これって、誇れることじゃなくて、単なるいやな奴《やつ》ですね」

おどけたように言うと、克麻が整った前歯を覗かせる。

「立派なことだと思うけど、私にはできないな。だって、心で感じたことをフィルターにかけずに言葉にしたら、いろいろと角が立つことも多いでしょう」

そう、昨日の夫との電話のように……。

「立派かどうかはわからないですけど……」

克麻が口を噤《つぐ》む。ウェイターが、水の入ったグラスとメニューをテーブルに置く。

「月菜さん、きらいなものは？」

「とくには」

「じゃあ、僕に任せてもらえますか？」

月菜は頷く。克麻が、エビとイカのパエリヤ、サーモンとタコのマリネを注文する。

「飲み物は、ブラッドオレンジジュースを」

月菜さんは？　あなたと同じでいいわ。じゃあ、ブラッドオレンジジュースをもうひとつ。

「この前と、なんだか雰囲気が違いますね？」

「どういうこと？」

本当はわかっていたけれど、気づかないふりをした。

「『夢の扉』で会ったときは、大人の女性だなって」

「いまは？」

訊ねながら、居心地の悪さと心地好さが同居する妙な感覚に囚われた。

相反する感情が心を綱引きするという奇妙な体験を、月菜は中学生のときにしていた。

それは、ある日の放課後、クラスの男子に体育館の裏に呼び出され、唐突に好きだと告白されたときとよく似ていた。

月菜は、その男子のことを好きでもなんでもなく、体育館に向かう間中、引き返そうかどうかを迷っていたが、一方で、なにを言われるのだろうという好奇心に胸を高鳴らせていたのだった。

「かわいいって感じかな」

月菜は困惑した……というよりも、年下の男性にそんなふうに言われ、どんなリアクションを返せばいいのか戸惑った、というほうが近いのかもしれない。

「年上の女性を、からかうもんじゃないわ」

興味がないふうに、素っ気なく言った。

それでいながら、乾いたスポンジに染み込む水のように躰の隅々にまで吸収される克麻の言葉を月菜は心で繰り返した。

あの千春という娘と並んでも、彼はそう思ってくれただろうか？　周囲の客や店員は、ふたりを恋人だと……つまり、年相応のカップルだと思うだろうか？

月菜は、頭の中に浮かんだ馬鹿げた自問の声を慌てて打ち消した。

「言ったでしょう？　僕は、思ったままを口にするって」

克麻が、細く長い指を絡め合わせた手をテーブルに置き、涼しげな瞳を向けてくる。

月菜は、息苦しくなり、堪らず視線を壁に貼《は》ってある闘牛のポスターに逃がす。

不快感、とは違う。ただ、夫を含めた男性に、この数年間、こんなふうにみつめられたことがなかったのだ。

お待たせ致しました。ウェイターの登場に、月菜は救われる。

「これ、トマトジュースじゃないの？」

月菜は、目の前に置かれた鮮やかな赤に染まったグラスを指差した。

「血の色をしたオレンジジュース。僕も詳しくは知りませんけど、果肉の色が、普通のオレンジとは違うみたいですよ」

だから、ブラッドオレンジって言うのね。克麻が頷き、会話が途切れる。ふたたび、息苦しさが舞い戻る。

「彼女に、連絡を取ったの？」

不慣れな空気に耐え切れず、月菜は口を開く。

「ええ。月菜さんから聞いたのと同じ言葉を、直接言われました」

「それで、あなたは？」

訊ねながら、月菜はブラッドオレンジジュースをストローで吸い上げる。一般的なそれより微かに強い酸味が、渇いた喉に心地よかった。

「ごめん。それだけです。ほかに、なにも言えませんから」

克麻の自嘲的な笑みをみて、胸の裏側が疼く。母性とは違う。ならば……深くは、考えなかった。また、考えてはいけないような気がした。

「じゃあ、別れたんだ？」

というより、捨てられました。冗談めかした口調で言いながら、ほっそりとした顎を引く克麻。

月菜は、心奥《しんおう》の蠢きを感じた。その蠢きの原因となる感情を、怖くて分析する気になれなかった。

「ねえ、月菜さん。セックスって、どんな感じです？」

いきなりの克麻の問いかけに、危うく月菜はジュースを噴き出すところだった。

「藪から棒に、なにを言い出すのよ」

周囲に視線を巡らせながら、声を潜める。幸いなことに、彼の大胆発言に気づいた客はいないようだ。

しかし、そういう問題ではなかった。

克麻の質問は、ほとんど初対面に近い男性が夫のある女性にたいして投げかける内容としては、この瞬間に席を立ってもいいくらいに非常識極まりないものだった。

月菜がそうしなかったのは、彼がからかう目的や下世話な興味で訊ねたのではないことがわかったから……克麻の瞳は、なにかを思い詰めたように暗く翳っていた。

「僕、女性としたことがないんですよ」

克麻が、恥ずかしそうに眼を伏せた。

月菜も、それは同じだった。しかし、羞恥よりも、思わぬ場所で、思わぬ相手から聞かされた衝撃的かつ刺激的な告白への好奇心のほうが勝《まさ》っていた。

「したことがないって、つまり……あっちのこと?」

性的行為を別の表現にすることによって、月菜の返した言葉はよけいにエロティックな響きを帯《お》びる。

克麻が小さく頷く。間がいいのか悪いのか、ウェイターが料理を運んでくる。とりあえず、食べましょう。頭の中で縺《もつ》れ合う思考の糸を整理する時間がほしかった。

パエリヤをスプーンで掬い、マリネをフォークでつつく。評判の店なのでおいしい料理に違いはないのだろうが……じっさい、パエリヤもマリネも食をそそる香りを漂わせていたのだが、香りだけで、味のほうはまったくしなかった。

「その、彼女のほうとは……？」

「麻耶とは、まったくのプラトニックな関係でした。まあ、そう言えば聞こえはいいんでしょうが、結局は、触れ合いがなかったわけですから。それが彼女の不安と不満を募らせたんだと思います」

触れ合いがなかった、という克麻のひと言が、月菜の胸を深く抉《えぐ》る。

「やっぱり、女の人もしたいとか思うんですか？　あ、怒らないでくださいね。こんなこと聞けるの、月菜さんしかいないので、つい……」

「ううん。怒ってなんかないわ」

克麻が勘違いするほど、暗い表情をしていたのだろう。

「したいとかしたくないとかよりも、きっと、私に興味がないのかな、って心配になっちゃうんだと思うの」

自らに重ね合わせた言葉には、我ながら説得力があった。

いっそのこと、夫が克麻と同じ指向であれば、不安に苛まれることもなかったのかもしれない。

しかし、夫が妻に触れないのは、女性に興味がないからではない。

強迫性障害という心の病を患っているだけであり、肉体的には健全な男性と変わらないのだ。

「そっか……」

ため息を吐く克麻。不意に、月菜はある抑え難《がた》い衝動に襲われた。

「ねえ、その……女の人以外とは、経験があるの？」

月菜は、最初に彼に秘密を打ち明けられたときからずっと訊きたいと思っていたことを口にした。

克麻が、パエリヤを運ぶスプーンを宙で止めた。

「あ、言いたくないならいいのよ。たいした意味はないの」

「麻耶と出会う前に、つき合っていた恋人がいました」

月菜は、彼の言う、恋人、という響きに違和感を覚えた。同時に、月菜の質問にたいする答えがイエスであることを悟った。

「その恋人……とは、真剣におつき合いしていたの？」

「半年間、彼のマンションで同棲《どうせい》同然の生活を送っていました。もちろん、肉体関係もありましたよ」

あっけらかんと、彼が言った。

「そういうことを訊くつもりじゃ……」

「いいんです。僕ばかり立ち入った質問をするのはフェアじゃないですからね。彼は、『フリータイム』のお客さんだったんです。僕達は、ひと目でお互いが同じだってわかりました」

「女の人に興味がないっていうこと？」

ゲイという言いかたには、抵抗があった。それに、克麻は、多くの人とは違った性的指向を持つ「少数派」の彼らのイメージからは懸け離れていた。

いや、もしかしたら、月菜が彼らに抱いているイメージそのものが決めつけで、みな、克麻同様に多くの人と変わらないのかもしれない。

「ええ」

月菜も、いまと同じような話を、「少数派」を売りにしている芸人が、バラエティ番組かなにかで話していたのを耳にしたことがあった。

その芸人が言うには、眼をみただけでそうだとわかるらしい。

「でも、百パーセントじゃないですよ。額に印がついているわけじゃないんで。口ではうまく言えないんですけど、とにかく、フィーリングが合うんです」

「女の人には、まったく魅力を感じないんだ」

「感じないというより、わからないんだと思います。ほら、ゴルフに全然興味のなかった人が、たまたまつき合いでグリーンを回ったら病《や》みつきになったとか、そういう話、ほかにも一杯あるでしょう？」

女性も、一度試してみたら？　喉まで出かかった軽口を月菜は呑み込む。まったく、なにを考えているの？　そして自分を叱責《しっせき》する。

「あ……」

フォークでサラダを掬おうとしたときにテーブルに零《こぼ》れたプチトマトを無造作に摘み上げ口の中に放り込む克麻の指先と唇に、月菜は視線を奪われた。

夫なら、優秀な子守のように、重ねたティッシュペーパーで包んで捨てたことだろう。

月菜は、普段の生活ではありえない体験に、羞恥だけが理由ではない躰の火照りを感じていた。

「あなたの最初の質問に、まだ、答えてなかったわね」

克麻が、首を傾げる。

「あれが、どんな感じか、って訊いたでしょう?」

月菜は周囲に視線を配り、囁きモードに声のボリュームを下げた。

「ああ、そのことですね。麻耶との問題が肉体的なものではなくメンタル的なものだと教えてもらいましたから、もう、大丈夫です」

「そう、よかった。私もあなたと同じで、じつは、よくわからないの」

「え?」

彼がきょとんとするのも、無理はない。三十三歳の主婦が、未経験だと言っているようなものだから。

「私、夫とは、七年間セックスレスなの」

克麻が、切れ長の眼を大きく見開いた。

驚いたのは、彼だけではない。

月菜も、自分自身の口から出た言葉に、驚きを隠せなかった。

# 11

「せっかくの休みの日に、悪いね」

テレビとエアコンのリモコンのラップを外しながら、夫が声をかけてくる。ううん。気にしないで。どうせ、暇だから。月菜も書棚の本のラップを外しながら、振り返らずに言った。

一見、いつもと変わらぬ会話。しかし、お互いの視線が絡むことは一度もなかった。

一昨日の電話から始まった、夫との冷戦状態はいまだに続いていた。昨日の夜、夫があることを伝えるために話しかけてくるまでは、ひと言も会話を交わしていなかった。

もっとも、昨夜は、冷戦状態でなくても、夫の顔を正視することはできなかっただろう。

——七年間、夜の夫婦関係がないってことですか？

昨日の昼休み。月菜は、渋谷のスペイン料理店……「シエスタ」で克麻と会い、夫とセックスレスであることを打ち明けた。

彼が同性愛者であるということが、月菜の気を緩めた要因のひとつになっているのは間違いない。

もちろん、彼が月菜に自らの性的指向をカミングアウトすることによっていくぶん心が救われたように、月菜もまた、胸奥に立ち込める霧を少しでも晴らしたいという思いがあった。

恋愛の対象が男性であるという事実において、月菜にとっての克麻は早智子と同じ位置にいた。

しかし、早智子に告白したときには感じなかった良心の呵責《かしやく》が月菜を苛んだ。その違いがなんであるかが、月菜にはわかっていた。

たとえ女性に興味がなくても、それは克麻の問題であり、重要なことは、自分自身が彼をどうみているのか？　ということだった。

じっさいに月菜は、克麻のふとした仕草……グラスを持つ指先や喉仏《のどぼとけ》の動きに「男」を感じた。

幸か不幸か月菜の告白は、彼が勤めている「フリータイム」の従業員が隣の席に着いたことで中断を強《し》いられた。

その後は、同僚の耳に入ってもいいような他愛もない世間話に終始し、店をあとにしたのだった。

「本のほうは、全部剝《は》がさなくてもいいよ。埃が積もるからとかなんとか、適当にごまかせるから」

夫が、相変わらず視線を合わさずに言った。

――突然で悪いんだけど、明日、お袋がくるんだ。なんでも、高校時代の四十何年かぶりの同窓会が東京であるらしくて、山梨から出てくるっていうから。

いま、ふたりでリモコンや本のラップを外しているのは、あと一時間もすれば東京駅に到着するだろう夫の母のためだった。

母は、息子の心の病を知らないのだ。

夫の話では、何度か告白しようとはしたらしい。しかし、それをしなかったのは、そうなってしまったきっかけについても話さなければならなくなるからだろう。

「まだ、時間あるでしょう？　やれるところまでやるわ」

手の動きを止めず、月菜は言った。

正直、いま、義母にこの問題を知られるのはつらい。

もとはといえば、夫としっくりいかなくなったのは、その問題が原因なのだから。


――仕事は、まだ続けるの？


ただでさえ、孫の顔をみることを心待ちにしている義母は、電話をかけてくるたびに、遠回しに催促をしてくるのだった。

婉曲《えんきょく》な物言いの端々《はしばし》に含まれる棘。義母は、月菜に仕事を辞めてもらいたがっている。

彼女は、水島家が子宝に恵まれないのは、肉体的理由が原因ではなく、月菜に作る気がないからだと考えているのだった。

七年間子供ができないのだから、義母がそう思うのも無理はなかった。

――夫が、強迫性障害なの。つまり、物に素手で触れられないという病気。物だけでなく、私にもね。

克麻が新たな質問を重ねようとしたときに、彼の同僚が現れたのだった。

彼が他人に言えない悩みを抱えていることに親近感を覚えたとしても、あるいは、夫の千春への態度に不快な気分になったとしても、夫婦間の問題を口にすることの免罪符にはならない。

厄介《やっかい》なのは、数日前までなら夫に感じていただろう罪の意識が、千春の出現によって薄れてきたということだった。

月菜は、少しずつ……しかし確実に変化してゆく自分が怖かった。

「お昼、どうする？」

夫の問いかけで、もうそんな時間になっていたことを知った。

月菜が休みの日は、夕食同様に夫がパスタやサンドイッチを作るか、ごく稀《まれ》に、近所のファミリーレストランに行くかのどちらかだった。

もちろん、外食の際はラップとウエットティッシュを持参するのは言うまでもなかった。

「適当に済ませるから、気にしないで」

「そう」

必要最低限の会話……テレビドラマに出てくるような、冷えきった夫婦の会話。

「森の出口」が、また一歩遠のいてゆく。

◇　◇

「しばらくみないうちに、あなた、また一段ときれいになったんじゃない？」

ティーカップをソーサごと口もとに運びながら、義母が月菜をまじまじとみつめる。円《つぶ》らな瞳と細く高い鼻梁《びりょう》が、夫に彼女の血が流れていることを教えてくれる。

会うたびに思うことだが、義母はとても若々しく、還暦を迎えている女性にはみえなかった。夫の話では、義母は学生時代にバレエをやっていたらしく、いまでも、暇をみつけては近所の女の子達に教えているという。

それを聞いたときに、彼女の若さの理由が納得できた。その年代の女性にしては脂肪も少なく、躰のラインもほとんど崩れておらず、今日身につけているベージュ色のスーツもよく似合っていた。

なにより、ピンと伸びた背筋が、義母を実年齢より十は若くみせている。

いい年の取りかたをしていると言えるだろう。ゆくゆくは、彼女のように年齢を重ねてゆきたい、と月菜は思う。

「そんなことありませんよ。もう、二十代みたいなわけにはいきませんから。お化粧の時間だって、年々長くなっていますし」

月菜は顔前で手を振り、レモンティーに口をつける。記憶を巻き戻し、千春の容姿を思い浮かべる。

あの肌のきめ細かさと張りは、二十代の後半はいっていない。二十五？　四？　三？　もしかしたら、二十歳そこそこということも考えられる。

数字が少なくなるほどに、不快指数が上昇する。カップの中で、オレンジ色の液体がさざ波立つ。

「でも、本当にひさしぶりね。お盆に、顔をみせてくれないから」

微かな非難を言外に含ませ、義母が息子にではなく月菜にちらりと視線をやった。

彼女は、子供ができないことだけではなく、息子夫婦が実家に寄りつかないのも嫁のせいだと思っている。

この前、山梨に帰ったのは正月。病気がバレるのを恐れ、夫は、なにかと理由をつけて母からの里帰りの要請を躱《かわ》しているのだった。

夫が強迫性障害にかかったのは結婚してからであり、実家と疎遠になったのもその頃からなので、義母が月菜を「黒幕」だと考えるのも無理はない。

「ちょうど、その時期は原稿の締切りが重なってね」

夫が、震える手で、漂白剤に浸し何度も除菌洗剤で洗ったティーカップの把手《とって》を摑んだ。

義母の手前、ラップを使うわけにはいかないのだった。

そして、ティーカップをソーサに戻してすぐに、傍らのウエットティッシュで指先を執拗に拭った。

そんな夫の挙動不審な姿を目《ま》の当たりにした義母は、「黒幕説」に確信を深めたに違いなかった。

「あ、そうそう。去年の暮れに大掃除をしていたら、こんな懐かしいものが出てきたのよ」

義母が思い出したように紙袋の中をまさぐり、古ぼけた一冊の辞書を取り出した。

表紙はところどころ破れ、ページの部分は黄ばんでいた。

「良城が、中学生の頃からずっと使っていたものなの。昔から、文章を書くのが好きな子でね。お父さんが誕生日プレゼントにくれた辞書を片時も離さずにいたものだから、ほら、こんなにぼろぼろになっちゃって。いまでも、仕事に役に立つでしょう?」

にこやかに微笑み、辞書を差し出す義母。

「ああ……ありがとう。助かるよ」

言葉とは裏腹に、夫の声は掠れ、額には脂汗が噴き出していた。

この辞書よりも遥《はる》かに新しい書籍類の装丁にもラップを巻いている彼にとって、うっすらと埃が積む「年代物」を手にするのは地獄の気分に違いない。

「では、遠慮なく頂きます」

月菜は、夫の顔前に差し出されていた辞書を、横から手を伸ばし受け取った。瞬間、義母の眉間《みけん》に険《けわ》しい縦皺《たてじわ》が刻まれた。

「月菜さん。いつもそうなの？」

「え？」

「いつもそうやって、なんでもあなたが決めているのかと訊いてるのよ」

義母の厳しい口調に、夫の顔が強張った。

「それは、どういうことでしょう？」

彼女のいわんとしていることはわかっていた。

しかし、「真実」を明かせない以上、惚けてみせるしか選択肢はなかった。

「ひさしぶりに会ってこういうことは言いたくないんだけど、ちょうどいい機会でもあるわ。はっきり言わせてもらいますけど、子供を作らないのも、あなたの意志なんでしょう？」

「母さん、それは違う……」

「あなたは黙ってて。いい？　月菜さん。ウチの人に似て良城は子供好きで、小学生の頃から近所の赤ん坊の面倒をみていたほどなの。もう、八年よ？　本当なら、三人目をどうするかを考えてもいいくらいの時期じゃないの？」

月菜はうなだれ、責め苦が過ぎ去るのを待った。

「仕事も大事かもしれないけど、子供っていうのは、夫婦にとって……」

「違うって言ってるだろ」

夫がテーブルを叩き、席を立った。

義母が、びっくりしたように息子を見上げた。それは、月菜も同じだった。

これほどまでに感情を露《あらわ》にして大声を出す夫は、ちょっと記憶になかった。

「月ちゃんは、そんな女性じゃない。いつだって、自分を犠牲にして、僕のことを最優先に考えてくれている。彼女を、悪く言うのはやめてくれ」

みたことのない夫の毅然《きぜん》とした横顔に、月菜は見惚《みほ》れ、胸が熱くなる。

「じゃあ、あなたが、子供を作りたくないとでもいうの？」

「そうじゃない。子供はほしいさ。でも……」

「よし君。もう、やめましょう。せっかくお母様がきてくれたんだから。ほら、今度の新作の話を聞いてもらいましょうよ。ねえ、原稿を持ってきて」

月菜は明るい口調で母子の会話を遮り、夫に目顔で訴えた。

夫は申し訳なさそうに頷き、リビングへ向かう。

月菜の心は、ひさしぶりに満たされていた。

たとえ世界中の誰もが月菜を悪者にしても、夫さえ味方についてくれれば、それでよかった。

◇　◇

「昼間は、いやな思いをさせて本当にごめん」

夫が、月菜のワイングラスをルージュ色に染めながら詫びる。

「ううん、あなたにひどいことを言った私を庇ってくれて、とても嬉しかったわ」

月菜は唇に弧を描き、ワイングラスを宙に翳す。僕のほうこそ、この前はあんなことを言ってごめん。夫の腕が伸び、キン、というグラスの触れ合う音が心地好く月菜の鼓膜を撫でる。

僅か二、三日の「冷戦」だったのに、夫とこうしてソファで肩を並べてワインを飲むのが、何ヵ月ぶりかのように感じられた。

「でも、お母様に悪いことをしたわ」

あのあと、義母は十五分ほど夫の新作の説明に耳を傾けていたものの、感想を語ることもなく、紅茶にもほとんど口をつけずにそそくさと水島家をあとにした。

新宿のホテルで行われる同窓会は五時からだというのに、義母が家を出たのは二時だった。

「気にすることはないさ。母さんは、昔から頑固なところがあってね。いま頃、帰りの電車の中で反省していると思うよ。母さんだけじゃなく、僕もね。もとはといえば、僕に責任があることだし。君が責められるのをみて、このままじゃいけないって。はやく、病気を治さなきゃって」

「あまり、焦らなくてもいいのよ。ゆっくりといきましょう」

一日もはやく夫と触れ合いたい。その思いは変わらないが、とりあえずいまは、彼がそういう気になってくれただけで十分だった。

「そうも言ってられないさ。佐倉先生も僕のことを心配して……あ、まずい。火をかけっ放しだった」

夫が慌てて腰を上げ、キッチンに駆ける。今日の献立はカレーライス。二日ぶりの、夫の手料理だった。

「あ〜あ。焦げちゃったよ」

「大丈夫よ。少しくらい焦げたほうが香ばしい……」

着信音のメロディ。月菜はガラステーブルに視線を投げる。鳴っていたのは、夫の携帯電話だった。

「電話よ」

鍋と格闘している彼の背中に声をかける。いつものこととはいえ、夫に手渡してあげられないのが哀しい気持ちになる。

「悪いけど、出てくれる？」

月菜は、耳を疑った。

「いいの？　だって、ラップを替えなければならなくなるでしょう？」

「月ちゃん。僕の話、聞いてなかったのかい？　このままじゃいけないって、言っただろう？」

夫が振り返って微笑んだ。

涙腺が熱を持ち、唇が震えた。月菜は、唇同様に震える指先で、夫の携帯電話を手に取った。

「もしもし、水島です」

声がうわずらぬよう気をつけながら電話に出た。

もしもし？　返事はない。しかし、電話が通じているのは、受話口から聞こえる微かな息遣いでわかった。

もしもし？　もしもし？　悪戯かもしれない。そう思い、通話ボタンを切ろうとしたそのとき……。

『あの、村山と申しますが、水島良城さん、いらっしゃいますか？』

月菜の、携帯電話を持つ手に力が入った。

怖々とした、若い女性の声。村山という姓に覚えはなかったが、この声は忘れない。

月菜の脳裏に、夫に向けられた忌《い》ま忌《い》ましいほどに初々《ういうい》しい千春の笑顔が蘇った。

# 12

「三百円のお返しになります」

三枚の百円硬貨を女性客の掌に載せ、頭を下げた。

顔を上げたときに、女性客はまだ目の前に立ち尽くしていた。

「あの、これ、違うんですけど？」

月菜は、彼女の指先をみて納得した。

「あ、ごめんなさい」

慌てて、五十円硬貨と百円硬貨を交換する。

また、やってしまった。昼間は逆に、千円札を五千円札と間違い、お釣りを多く渡してしまうところだった。

ありがとうございました。女性客の背中を見送り、月菜はため息を吐く。足を引き摺《ひず》るように玄関に向かい、ＯＰＥＮの札を裏返しＣＬＯＳＥＤにする。

熱いコーヒーが飲みたくなり、サイフォンを手に取ったが空だった。新しく淹《い》れ直すのも面倒で、コーヒーを諦め椅子に腰を下ろす。

なにをやるにも、躰の一部に穴が開いているように力が入らなかった。

――今度の合同カウンセリングの件で、わからないことがあったみたいで。

なんの用だったの？　昨夜かかってきた千春からの電話にたいして訊ねる月菜に、夫が返した言葉を思い起こす。

そうなんだ。彼女、心配性なのね。笑顔でそう言ったものの、内心、穏やかではなかった。

とくに月菜が引っかかったのは、彼女が夫の携帯電話の番号を知っていること……夫が、彼女に電話番号を教えたことだった。

月菜は、不穏な感情を表に出すことをしなかった。

せっかく仲直りできたのに、冷戦状態に戻りたくなかったのだ。

月菜は腰を上げ、フロアの平積み台の前に立ち、『空をしらないモジャ』を手に取り、最後のページを開いた。

そこには、モジャと同じ姿をした仲間達の挿絵《さしえ》があった。

旅に出たモジャは、自分と同じ羽のない毛むくじゃらの鳥達の世界へ帰ったのだった。

月菜には、モジャを出迎えるリボンをつけた雌の鳥が千春に思えた。そして、モジャに抱き上げられずに別れを告げられた雛鳥は……。


――少なくとも彼女には、僕の病気に関して気を遣う必要はないからね。


互いを傷つけ合った電話で、彼はそう言った。

勢いで口にしてしまったとは思えなかった。たしかに、自分と同じ不潔恐怖の症状がある千春を相手にしているときは、夫も無駄な神経を遣わなくても済むのだろう。

けれど、それでは、いつまで経っても森の出口を探すことはできない。

それとも夫は、出口を探すことを諦め、森に止《とど》まるつもりだろうか。

ドアチャイムのベルが鳴る。月菜は『モジャ』を平台《ひらだい》に戻し、振り返った。

「あら、どうしたの？」

「相変わらず暇そうだから、遊びにきてあげたわ」

ドアから顔だけ出した早智子が、ワインボトルを翳した。

彼女が、閉店後の「夢の扉」を「酒場」にするのは、珍しいことではない。

それに、今夜は、月菜もお酒を飲みたい気分だったので、早智子の訪問は大歓迎だった。

「そんなとこにいないで、入って」

「今日は、月菜にプレゼントを持ってきたの」

「なにかしら？」

訊ねる月菜に悪戯っぽい笑みを浮かべた早智子が、店内に足を踏み入れドアを大きく開けた。

「ジャーン」

彼女の背後から現れた人影に、月菜は息を呑んだ。

「こんばんは、月菜さん」

克麻がペコリと頭を下げる。

「早智子、あなた……」

「あ、誤解しないで。私がなにかを企んだわけじゃないんだから。店の前で、バッタリ出食わしちゃったのよ。ねえ？」

「ええ。月菜さんの店を覗いてみようと思ったら、偶然に」

「あなた、彼とそういう関係になったのなら、一の親友である私に報告しないとだめじゃない」

「馬鹿なことを言ってないで、克麻君を奥に案内してて。私は、やり残しの伝票を整理して行くから」

跳ね上がる心拍。克麻の様子を窺った。彼が、早智子の悪乗りを気にしているふうはなかった。

「はい、社長。仰せのとおりに致します」

行こう。おどけた調子で言うと、早智子が克麻を促した。

フロアの奥……パーティションで区切られた三坪ほどのスペースは応接室になっていた。月菜はそのスペースを使って手狭な倉庫を拡張したかったのだが、出版社や取次店の人間がきたときに立ち話は失礼だという前経営者である父のひと言で、応接室を作ることにしたのだ。

ふたりの姿がパーティションの向こう側へ消えるのを見届け、月菜はデスクではなく化粧室に向かった。

鏡を覗き込み、ルージュとリップグロスを塗り直す。

ベージュのワンピースにグレイのパンツ。克麻がくるとわかっていたなら、もっと別のコーディネートを……。

後悔している自分を叱責し、月菜は化粧室を出た。湯沸かし室に入り、ワイングラスとオープナーを手に取る。早智子は誰かを誘ってくる場合が多いので、キャビネットには五脚のワイングラスを用意していた。

お待たせ。月菜は、早智子の隣の席……克麻と向かい合う格好で座った。

テーブルには、用意のいいことに月菜の好きなカテージチーズがクラッカーに盛られていた。

「イタリアワインね」

ラベルに視線を向け、月菜は言った。

「フランスワインばかりじゃなくて、たまには、別の味も試してみないとね」

意味深な物言いで克麻をちらりとみる早智子を、月菜は睨みつけた。幸いなことに、彼が悪友の際《きわ》どいジョークに気づいたふうはなかった。

「僕がやりましょう」

月菜の手からボトルを受け取り、コルクにオープナーを捩じ込む克麻。オープナーを回すたびに浮き出る彼の意外に逞《たくま》しい筋肉に、鼓動が駆け足を始める。

「私と月菜、そして克麻君の三角関係に乾杯」

克麻が苦笑いを浮かべた。三脚のグラスが触れ合う甲高《かんだか》い調《しらべ》が店内に鳴り響く。

「でも、克麻君って、本当にいい男ね。女のコが寄ってきて仕方がないでしょう？」

臆《おく》せぬ早智子の性格を月菜は羨ましく思う。

「そんなことないですよ。女性のほうはからっきしで」

「またまた」

彼女は、単に克麻が謙遜していると勘違いしている。彼の秘密を知っているのは自分だけだということに、少しだけ優越感がくすぐられる。

「ねえねえ、克麻君はさ、月菜のどんなところが好きなの？」

「ちょっと、なにを言ってるの。彼は別にそんなふうに思ってないって」

気が動転し、彼のワイングラスに手を伸ばしそうになった。

「自立してて、聡明《そうめい》で……だけど、かわいらしくて……」

「いいわよ。無理にお世辞を並べなくても」

さりげなく受け流す素振《そぶ》り。しかし、月菜の躰の隅々に、克麻の言葉が心地好く染み渡る。

「あら、かわいらしいって部分はさておいて、自立した聡明な女という点なら、私にも資格があるわよ」

はやくもワイングラスを空にした早智子が、本気とも冗談ともつかない口調で言った。

彼女は、月菜より身長が五センチほど高く、学生時代に陸上をやっていたので、全体的に引き締まった体型をしていた。

去年の暮れに温泉に行ったときに、脇腹から腰にかけてのラインの美しさと足首の細さに、同年齢の女として軽い驚きを覚えたものだ。

そんな彼女にも、胸が小さいというコンプレックスがある。より速く走るために無駄な脂肪を犠牲にした、というのが早智子の言い分で、重力に逆らう必要のない生活を送っていたあなたが羨ましいわ、と月菜のふくよかな乳房を赤子のように触っていた姿が印象的だった。

月菜は、無意識のうちに自分と比較していた彼女の胸もとやふくらはぎに向けていた視線を逸らした。

「もちろん、早智子さんも魅力的だと思います」

彼が早智子のグラスに二杯目を注ぎ、真顔で言った。胃に、針先で突かれたような疼痛《とうつう》が走った。

「まあ、嬉しい。それが本当なら、月菜じゃなく私とつき合わない？　彼女と違って、私はフリーだから」

「いい加減にして。私と彼は、そういう関係じゃないと言ってるでしょう」

思わず、語気が強まった。不快な気分になった理由が、誤解されたことだけではないことを月菜は知っていた。

「月菜さんの言うとおりですよ。彼女には素敵なご主人がいるんだし」

自分の言葉を肯定されたというのに、月菜の気持ちは晴れなかった。

「克麻君、月菜のご主人に会ったことあるの？」

「いいえ。でも、わかるんです。だって、月菜さんが愛した人だから、素敵な男性に決まってます」

嬉しいような、そうでないような……月菜は、相反する感情に戸惑った。

「じゃあ、決まりね。今度、私と飲みに行こうよ」

今日にかぎって、早智子のひと言ひと言が癪《しゃく》に障ってしまうのはなぜだろう？　彼女が物怖《ものお》じせずに際どい発言を繰り返すのは昔からわかっていること。

いつもと違うのは早智子ではなく自分のほうだ、と月菜は思った。

「早智子。克麻君が困っているじゃない。もう、そのへんで……」

リズミカルなメロディが、月菜の声を遮る。液晶ディスプレイに浮かぶ「よし君」の文字。

「噂をすればなんとやらね」

「ちょっと、ごめんね」

携帯電話を覗き込む早智子に言い残し、月菜は席を立ち応接室から出た。

「もしもし？　どうしたの？」

『今夜、鍋焼きうどんにしようと思うんだけど、何時頃になるのかと思って』

「いま、早智子がきているの。あと、一時間くらいはかかるかな」

克麻の存在を口にしないことは、嘘になるのだろうか？

『そう。じゃあ、余裕をみて九時頃にできるようにするから』

早智子さんによろしく。なんの疑いも抱かずに電話を切る夫。

嘘にならなくても、裏切りになるのは間違いない。

「トラブル発生？」

応接室から出てきた早智子が、興味津々《しんしん》の顔で訊ねてくる。

「ううん。帰りは何時頃になるかって……あれ、もう、帰るの？」

月菜は早智子の肩……ショルダーバッグに眼をやった。

「お邪魔虫は退散するわ。月菜にその気がないなら口説こうと思ったけど、私には興味がないみたい。彼の眼に映っているのは、あなただけ」

「まだそんなこと……」

頑張ってね。掌をひらひらとさせ、逃げるように早智子が店をあとにする。

彼女はわかっていない。克麻が興味がないのは早智子だけではないことを。

それにしても困ったことになった。いま夫に早智子と一緒にいると言ったばかりなのに、彼とふたりきりになるなんて……。

とりあえず、克麻を放っておくわけにもいかず、応接室に歩を向ける。

「遅かったですね。ひとりで、全部空けちゃいますよ」

克麻が、三分の一ほどになったボトルを宙で振った。涼しげな眼もとがほんのりと赤らみ、舌が縺れ加減になっている。

応接室を出て十分そこそこの間に、かなりのハイピッチで飲んだに違いない。

「ごめんなさい。早智子は用事ができたみたいで、先に帰ったわ」

「この前の続き、聞かせてもらえませんか？」

前振りもなく、克麻が訊ねてくる。酔いで潤んだ瞳が、息苦しいほどに月菜を射貫く。

「なにを？」

「ご主人との、七年間の空白の話ですよ。その感じがどういうものか、よくわからないと言っていたでしょう？」

「ああ……あのことは、もういいの」

月菜は平静を装い、クラッカーに手を伸ばす。いま思えば、なぜセックスレスの話なんかをしてしまったんだろうと後悔する。

震える指先からテーブルに零れ落ちたクラッカーを慌てて拾おうとしたときに、克麻の掌が月菜の手に重ねられた。

「その感じを知らない者同士、ふたりで、試してみませんか？」

電池が切れたとでもいうように、すべての思考が停止した。

空洞の脳内に、試してみませんか？　という克麻の声だけが何度も谺《こだま》した。

「馬鹿に……しないで」

どこか遠くから聞こえる声が、自分のものだと気づくのに時間がかかった。

「私が、セックスに飢えている女だと思って近づいてきたわけ？」

「僕はそんな……」

「帰って！」

克麻の手を振り払い、月菜は立ち上がると彼に背を向けた。

# 13

できるだけはやく帰ってくるから。レンジで温めて先に食べてて。

月菜は夫がメモ用紙に書き残した「伝言」から、視線をテーブルの上……ラップがかけられたふたりぶんのマカロニグラタンとミネストローネに移した。

夫は、新作の打ち合わせのために出版社に行っている。

各出版社の「みずしまよしき」の担当編集者達は、彼の病気を知っているので、会食に誘ったりはしない。

だから、出されたお茶やコーヒーを飲むときのためにマイカップを持参する夫を変な眼でみることもなかった。

キッチンからリビングに移動し、倒れ込むようにソファに身を預ける。

正直、彼がいなくてほっとしていた。昨夜は、体調が悪いからという理由で夕食に少し口をつけただけですぐにベッドに潜った。

顔色の優《すぐ》れない妻を夫は不審に思うこともなく、枕もとに栄養ドリンクを置いて労《いたわ》ってくれた。

いつもと変わらないその優しさが、月菜には苦痛だった。


——その感じを知らない者同士、ふたりで、試してみませんか?


克麻にそんなふうに思われていたのが屈辱だった。しかし、責任は自分にあるということを月菜はわかっていた。

克麻は同性ではないけれど異性でもない。都合よく正当化し、心を許し過ぎた。

それだけではなかった。

月菜の皿から零れたプチトマトを躊躇する素振りもなく口に入れる彼に……月菜の魅力を語ってくれる彼に、出会った当時の夫の姿を重ね合わせ、胸の高鳴りを感じていた。

ひとりの女性としてみつめてもらえているという自信に満ち溢れていた、八年前のあの頃のように。


——一年後に僕達の赤ちゃんの笑顔や泣き顔をみているときに、今日が特別の夜だったと振り返ればいいね。

初めて結ばれた夜。ベッドの中で月菜を背後から抱きしめながら語る夫の肌の温もりと熱い吐息が、昨日のことのように蘇る。

それが、彼のプロポーズの言葉だった。

胸が一杯になり、背を向けたまま頷くことしかできなかった月菜の左手に夫の掌が重なり、次の瞬間、薬指は眩《まばゆ》いきらめきを放っていた。

月菜は、左手の薬指を虚ろな瞳でみつめた。あの日と変わることのないきらめきが、どうしようもなく哀しかった。

喉の奥が震えた。揺れる視界で、ふたりの「夢」の行き先を暗示するかのように、きらめきがぼんやりと霞《かす》んだ。

◇　◇

コードレスホンのベルが、月菜の嗚咽《おえつ》に重なり合う。

もしもし、水島です。呼吸を整え、頬の涙を小指で拭いながら電話に出た。鼻声ね。風邪でもひいた？　早智子が心配そうな声を出した。

「大丈夫。私、アレルギーなの。それより、昨日は、ワインをごちそうさま」

月菜は、努めて明るい声を出す。

『気にしないで。ご主人、そばにいる？』

「ううん。今夜は、編集者との打ち合わせでまだ帰ってないの」

『よかった。ねえ、あのあとどうだった？』

「どうって、なにが？」

早智子が、なにを期待して電話をかけてきたのかはわかっていた。

『決まってるじゃない。男と女がふたりっきりでお酒を飲んだあとにやることよ』

ふたたび克麻の声が蘇りそうになり、表情が強張った。

「あなたじゃないんだから」

『まあ、言うわね。でも、私だったら、言葉だけじゃなく、躰で慰めてあげるけどね』

「慰めるって？」

『あれ？　聞いてないの？　克麻君、お店をクビになっちゃったんだって』

「え……『フリータイム』をクビに？」

月菜は、ソファから身を起こし、素頓狂《すっとんきょう》な声を上げた。

『そう。「夢の扉」の前で会ったときに、今度飲みに行くね、って言ったら、僕、店をクビになったんです、って言ってた。理由を聞いたら、なんでも、店の人に秘密がバレたらしくて。私が思うに、社長夫人かなにかとデキちゃったんじゃないかな。克麻君ってさ、年上の女性からみたらちょっかい出したくなるタイプじゃない。フランス映画に出てくるような、陰のある美青年って感じで』

早智子の声は、ほとんど耳に入らなかった。

月菜には、店の人間にバレたという秘密がなんであるかの見当はついていた。

「フリータイム」で、月菜にカミングアウトする彼の話を誰かが耳に挟んだに違いなかった。

『もしもし？　月菜。話、聞いてる？』

「あ、うん。悪いけど、もうすぐよし君が帰ってくるから」

『わからないなぁ。その気になればもぎたての果実にありつけるっていうのに、野菜室で干涸《ひから》びているような果実を大事にするなんて』

じゃあ、またね。早智子のため息をやり過ごし、コードレスホンの通話を切り、月菜は眼を閉じた。

ハイピッチでワインのグラスを重ねた克麻の、酔いに潤んだ瞳が瞼《まぶた》の裏に浮かぶ。

――私が、セックスに飢えている女だと思って近づいてきたわけ……。

たしかに、克麻はセックスを求めた。しかし、それは性的欲求を満たすためではなく、自分を苦しめる性《さが》から逃れるため……彼もまた、「森の出口」を探していたのだった。

月菜は、携帯電話の発信履歴のページを開いた。克麻の番号がディスプレイに浮かぶ。通話ボタンの上で逡巡する指先……思い直し、削除ボタンを押した。

これでいい。自分が迷宮から導くのは彼ではなく、夫なのだから……。

◇　◇

「児童書はあくまでも子供の読み物だから、いくら悪者でも人を殺すシーンを描写するのはよくないって言ってやったんだ」

マカロニグラタンを掬ったフォークを宙で止め、夫が語気を強めた。どうやら、編集者との新作の打ち合わせで、もっと過激な物語を書いてほしいと依頼されたらしい。

「で、編集者の人はなんて？」

「『赤ずきんちゃん』だって、お婆さんがオオカミに食べられるでしょう、だって。信じられるかい？」

「それは詭弁《きべん》ね。グリム童話に残酷な一面があるからって、殺人鬼を登場させるのとは意味合いが全然違うわ」

「だろう？　おまけに、最近の子供はアニメやゲームで刺激的な世界を見慣れているから、童話も革新していかないとそっぽを向かれますよ、なんて言うんだ。世の中が子供に悪影響なものばかりを創り出すからこそ、童話の世界だけでも夢と希望を与え続けていかなければならないいんじゃないか」

ごちそうさま。嘆かわしい表情でため息を吐いた夫が、フォークをテーブルに置く。少しずれているのが気になるのか、何度も置き直している。

「もう食べないの？」

「なんだか、食欲がなくてね」

「編集者の言うことなんて、気にしなくていいのよ。あなたは、あなたが信じる作品を書き続けていけばいいじゃない」

「いや、そうじゃないんだ」

夫がミネラルウォーターの入ったグラスを両手で包み込むようにして俯いた。

「編集長にふたり目の赤ん坊が生まれたらしい。いつもしかめっつらをしている彼にしては珍しく、にこやかな笑顔をしていたよ」

唐突に、夫が話題を変えた。そうなんだ。月菜は曖昧《あいまい》な笑みを浮かべる。それ以外に、返す言葉が見当たらなかった。

「情けないね」

夫が呟き、テーブルに付着するグラスの底の跡をティッシュで拭い、グラタン皿の縁にこびりついたチーズの焦げ目をフォークで丹念に削り落とす。

「こんなどうでもいいようなことばかりを気にして……わかっているけど、そうしないと頭の中が苦しくなるんだ」

零れ落ちたチーズの滓《かす》をラップを巻いた指先で摘み上げてはティッシュに包み、夫が絞り出すように言った。

「しようがないよ。よし君だって、好きでそうしているわけじゃないんだから」

無意味な慰め。わかっていた。昔、アメリカで大ヒットしたホームドラマの主人公のように、魔法を使えたなら彼の苦しみを取り除けるのに……馬鹿げた考えが、真剣に頭を過《よ》ぎる。

「月ちゃん。高齢出産を、どう思う?」

掠れた声で、訊ねる夫。月菜に向けられた瞳が、微かに揺れていた。

「え……?」

ある予感が、月菜の心をノックする。そんなこと、ありえない。予感から眼を逸らし、自分に言い聞かせた。

「君がもし、その……妊娠したなら、子供を産む気はあるかい？」

夫が、なにかに抗《あらが》うように、ひと言ひと言、噛み締めるように言った。掌の中でさざ波立つグラスの水が、彼の心情を代弁しているようだった。

ノックの音が、次第に大きくなる。肌が粟立《あわだ》ち、口の中が水分を失った。月菜は、ミネラルウォーターで喉を潤した。

「私が、ノーと言うと思って？」

微笑んだつもりだった。月菜の頰は凍えたように硬直し、唇にうまく弧を描くことができなかった。

「ありがとう。僕は、寝室に行っている。月ちゃんも、食事が終わったらきてくれないかな」

夫が、月菜に負けないくらい強張った顔で言った。

掌から、グラスが滑り落ちそうになった。

耳を疑った。夫が、寝室に誘っている。この前は、彼の姿が痛々しくて居た堪らず、月菜が逃げだしたが、今夜は少し違う気がした。

じゃあ、待ってるから。席を立つ夫の背中を、上気した顔で追った。

「シャワーを浴びてくるから」

振り返り、硬い表情で頷く夫の脇を擦《す》り抜け、月菜はバスルームに向かった。

◇　　◇

ボディソープを含ませたスポンジを、火照った躰の隅々にまで入念に這わせた。首筋から肩、腕、腋《わき》……そして乳房に移る。

月菜はスポンジを動かす手を止め、湯気に曇る鏡にシャワーをかけた。

クリアになった鏡に映る女性が、なにかを確認するように昔よりも質感の増した乳房を両手で抱え上げる。次に、ボディソープの泡を掬い取りながら、うっすらと脂肪の乗った脇腹から腰にかけてのラインに掌を滑らせた。

夫の目の前で一糸纏《まと》わぬ姿になったのは七年前。その頃に比べ、若干、肉づきのよくなった月菜をみて、彼はどう思うだろうか？

それ以前に、夫は妻に触れることができるだろうか？

微かな願いは、大きな不安の前ではあまりにも無力だった。

もし、不安が的中したなら、彼の心にはさらなる傷が増えるに違いない。そんな彼をみて、月菜自身も立ち直れないほどのショックを受けることだろう。

今夜の成り行き次第で、もう二度と夫の前に「女」として立てなくなるかもしれないことを考えると、怖くてたまらなかった。

反面、月菜の躰は久々の夫婦の営みを目前にして、変化の兆しをみせていた。

立ち上がり、ノズルをフックにかける。顔を上向き加減にし、勢いよく噴出するお湯でボディソープを洗い流す。首から乳房へと下がってきた掌に触れた硬い突起が敏感に反応した。

ノズルを手に取り、下半身に向ける。上半身よりも、時間をかけて濯《すす》いだ。ボディソープの泡はとっくに足もとに流れ落ちていたが、それ以外の痕跡を残すわけにはいかなかった。

シャワーを止め、バスルームを出た。手早くタオルで水分を拭い去り、この日のために用意していた普段のものより面積が狭く薄い生地の下着に足を通す。透けてみえる地肌に、顔から火が出るようだった。ブラジャーは着けずに、バスタオルを直《じか》に素肌に巻いた。

ドライヤーで髪を乾かし、ノーメイクの顔に口紅だけを薄く引く。耳の裏側と手首に微量の香水を忍ばせる。朱色に頰が染まっているのは、シャワーのせいばかりではなかった。

寝室へ続く廊下が、いつもより短く感じられた。ドアの前で歩を止め、月菜は深呼吸を繰り返した。

ゆっくりとノブを回し、ドアを開いた。光量の絞られたダウンライトの明かりの下……

月菜のベッドに座る上半身裸の夫をみて、思わず視線を爪先《つまさき》に逃がした。

息苦しいほどに鼓動がはやくなり、頭に血が昇った。

月菜もまた、彼の裸身を正視するのは七年振りのことだったのだ。

「月ちゃん。おいで」

うわずる夫の声に手を引かれるように、月菜は俯いたまま足を踏み出した。

月菜の足もとに、バスタオルがひらりと舞い落ちる。胸の隆起を腕で隠しながら、夫に背を向けシーツに躰を滑り込ませる。

うなじに荒い吐息がかかるたびに、月菜は初夜を迎える生娘のように身を強張らせた。

いまの月菜の体内時計は、一秒が十秒の速度で時間《とき》を刻んでいる。

彼の指先が、月菜の肩に触れては離れることを繰り返す。それは、髪の毛先が触れるほどの微かな接触だったが、夫の息遣いは激しさを増した。

月菜の呼吸も、彼に負けないくらいに乱れていた。

「大丈夫?」

背を向けたまま、夫に訊ねる。

「あ……ごめん。もうちょっと、待って」

うん。小さな声を返す。息を止め、彼の指先を待った。

五分、十分……夫の躊躇《ためら》いを背中に感じつつ、月菜は深呼吸と息を止めることを繰り返した。

そっと、躰の向きを変えた。夫の顔が、慌てて月菜の胸から逸らされる。

彼の額には大粒の汗の玉が浮かび、眼の下は微かに痙攣《けいれん》していた。

「無理して触れようとしなくていいから……私をみて」

月菜の言葉に促されるように、夫が顔を正面に戻す。瞳から首筋へ、それから膨らみへと視線が下がってゆく。

耳まで朱色に染めた夫の手が、恐る恐る伸びてくる。震える掌が、白い隆起を包み込む。

夫の手が、こんなにも温かく、柔らかだったことを忘れていた。

言葉にできない感情が込み上げ、目尻から零れ落ちた熱い雫《しずく》が枕を濡らす。

膨らみに手を置いたまま、彼が瞼を閉じる。睫《まつげ》を小刻みに震わせ、躰を石のように硬直させている。

ちょうど、生まれたばかりの雛鳥のように。

愛しさに、頬に伸びかけた指先……思い直し、宙で止めた。

「もしも、よし君がまだ続けられるなら、私はもう大丈夫だから」

躰に触れることよりも、そうするほうが苦痛でないのなら、と月菜は考えたのだ。

夫に言ったとおりに、月菜の受け入れ態勢は整っていた。

小さく顎を引き、夫がゆっくりと身を起こす。掛け布団が取り去られ、室内の冷気が湯冷めした躰から体温を奪う。

月菜は瞳を閉じ、七年の空白に終止符が打たれる瞬間を待った。

いま、彼は妻のすべてを眼にしている。昔は着けたことのない大胆な下着をみて、はしたない女だと思うだろうか？

夫の緊張が張り詰めた空気に伝わり肌を刺す。それは、月菜も同じだった。

熱を持つ吐息が鎖骨や耳もとを掠めるたびに、不安が膨脹してゆく。

ふっと、吐息が遠のいた。薄目を開けた。全身を汗塗《まみ》れにして、うなだれる夫。

女性とは違う男性の構造上の問題が、彼の努力の前に立ちはだかっていた。

「手伝おうか？」

思いきって、口にした。俯いたまま、夫が力なく首を横に振る。

月ちゃん、ごめん。消え入りそうな声。空白を埋められなかった事実よりも、そのひと言が月菜の心に爪を立てる。

「しようがないよ。ひさしぶりだもの」

鉄粉を含んだような重苦しい空気を振り払うように、明るい声音で言った。

「ごめん」

夫が月菜の視線から逃げるように、背中を向ける。

「どうして謝るの？　謝るのは、相手にたいして悪いことをしたときでしょう？」

彼が詫びるたびに、無力感に囚われてゆく。

「だめなんだ……どうしても……」

小刻みに揺れる肩をみて、焦燥感が月菜を衝《つ》き動かした。

彼を救いたい。妻として……ひとりの女として。

「躰の力を抜いて。私が……」

伸ばした手が背中に触れたとき……ビクリと反応した夫が弾かれたように立ち上がった。

「あ……ごめん」

申し訳なさそうに、ごめん、ばかりを繰り返す夫。どんどん、惨《みじ》めな気分になってゆく。

ううん。いいの。今度は月菜が背を向け、ベッドから下りる。床に落ちているバスタオルを拾い上げ、胸に巻いた。

「着替えてくるね」

月菜はどうしようもない虚無感に苛まれながら、寝室をあとにした。

# 14

マンションのエントランスホール。エレベータの前で佇む月菜の指先は、ボタンの上で躊躇していた。

昨夜はあれから、何事もなかったようにそれぞれのベッドで寝た。

今朝は、夫が作ってくれたフレンチトーストとクレソンのサラダの朝食を摂ってから家を出た。

壁紙を貼り替える話、結婚した芸能人の話、最近の児童書の売れ行きの話……食卓では、取り止めのない会話が交わされた。

互いに、昨晩の話に触れようとしなかったのは、どうしようもないことだとわかっているから。当事者同士の胸が、一番知っている。

あのときの、彼の背中が瞳に灼《や》きついて離れない。

夫が、どんな思いでベッドに誘ったのかが……そして、二度目がないとわかっているからこそ、月菜は傷ついた。

これからも、いままでがそうであったように仲良くやっていけるだろう。

一緒に食事をして、ワイングラスを傾け、テレビをみて笑い、その日あった出来事を語り合う。

そう、「妻」という名の気心の知れた友人のように。

男性の躰の構造については、よく知らない。緊張やストレスでそうなることもある、というくらいの知識しかなかった。

しかし、昨晩の夫を、そのひと言だけで片づけることはできない。

彼の肉体は、明らかに月菜を拒絶していた。もちろん、夫のせいではないし、誰も責められる問題ではない。

唯一、はっきりしているのは、自分に魅力が欠けていたということ……少なくとも、夫にとっての妻は、もはや胸をときめかせる相手ではなく、かといって、安らぎの対象でもなくなっていたのだ。

水島月菜は、もはや彼に苦痛と罪悪感を与える存在でしかなかった。

重い足取りで、エレベータに乗り込む。五階。あのドアの向こうでは、キスシーンのない恋愛映画のような生活が月菜を待っている。

シリンダーにキーを差し込んだ月菜は、違和感に首を傾げる。ノブを回してみる。カギは開いていた。

「ただい……」

沓脱《くつぬ》ぎ場に揃えられたローヒールに、声を呑み込んだ。

いやな予感に導かれながら、廊下を急ぎ足で歩く。リビングのドアから漏れ聞こえる朗らかな女性の笑い声。月菜は、とてつもない胸騒ぎに襲われた。

「そんなにおかしいかい？」

「だって、水島さんがニンジンやトマトに話しかけているなんて……」

ふたたびの、女性の笑い声……聞き覚えのある声。反射的に、右手を伸ばしていた。

「あ……お邪魔してます」

月菜がいつも座っているソファに腰を下ろしていた女性……千春が、慌てて立ち上がりおさげ髪にした頭を下げた。

彼女の座っていた場所には、レモン色のレースのハンカチが敷《し》かれていた。

「月ちゃん。お帰り。千春ちゃんは、知ってるよね？　彼女のお姉さん、ウチの近所に住んでるんだって。今度の合同カウンセリングまでに、少しでも外に慣れるためにわざわざ目黒から出てきたらしいんだ」

千春の正面の席から、月菜の顔色の変化を察した夫は、不自然なほどに口数が多かった。無理に拵えた彼の笑顔から、テーブルの上のプリントアウトされた原稿に視線を移す。原稿は、夫が現在執筆中の来春刊行予定の新作……『やさい星のピッピ』だった。物語は、野菜が大の苦手でスナック菓子ばかり食べている少女ピッピが、ふとしたことからやさい星に住むことになり、子供達の躰を蝕《むしば》もうとするおかし星人と戦うニンジン王やトマト姫の懸命な姿に心を打たれ、最後には野菜が大好きになるという内容だ。

「みずしまよしき」の完成前の原稿は、たとえ編集者であっても眼にすることはできない。もちろん、ピッピになりきって、夫がニンジンやトマトに話しかけているというエピソードも月菜しか知らない。

留守中に家に上がり込まれただけでも許せないというのに、千春は、妻の指定席で、妻以外が眼にしたことのない脱稿前の原稿を読み、妻しか知らない秘密を聞かされ無邪気に笑っていた。

怒りに表皮が焼き尽くされそうなのに、躰の奥だけは凍えたように冷え冷えとしていた。

「水島さんのお住まいが姉の家の近所だと聞いていたので、ご挨拶《あいさつ》だけしようと思って伺ったんです」

夫を庇うような千春の物言いが癪に障った。

物言いだけではなく、その子犬のような黒目がちな瞳も、俯き加減の自信のなさそうな喋りかたも、乳白色のカシミヤのセーターも……一切が、ささくれ立つ神経を逆撫でした。

「私のいない間に部屋に上がり込んで、他人《ひと》の夫とふたりきりで愉しそうにお喋りするのが、あなたの挨拶なの？」

「私、そんなつもりじゃ……」

千春が、お腹《なか》の前で重ね合わせた手をきつく握り締め、うっすらと瞳を潤ませた。

言い過ぎているという後悔と、これくらい言っても当然だという憤りが、振り子のように月菜の胸を往来した。

「彼女を部屋に招き入れたのは僕なんだ」

夫が遠慮がちに、しかし、千春を庇うように言った。

「私は、部屋に上がる上がらないを問題にしているんじゃなくて、わざわざウチを訪ねるという行為を言ってるの」

「それは……」

「水島さん、もう、いいんです。奥様の言うとおり、私が軽率でした。本当にごめんなさい」

夫を遮り、千春が涙声で詫びた。

「月ちゃん、それは言い過ぎだよ。千春ちゃんも、泣かないで」

彼女を気遣う夫をみて、月菜の脳の奥でなにかが弾ける音がした。

気づいたときには、駆け出していた。

月ちゃん。追い縋《すが》る夫の声を振り切るように、外へ出た。エレベータの階数表示のオレンジが視界で滲んだ。

泣きたいのは、こっちのほうだった。

千春が不自由な日常生活を送り、精神的にも不安で苦しんでいるだろうことは、同じ心の病を患う夫を間近でみているので月菜にもわかる。

しかし、不安なのは……苦しんでいるのは、彼女だけではない。

エントランスを走り抜け、闇《やみ》色に塗り潰された住宅街に飛び出す。夜気《やき》に抱かれるように立ち尽くし、月菜は途方に暮れた。

どこへ行こうというの？

もうひとりの自分が問いかけてくる。

わからない。ただ、これ以上、夫の前で醜い女になりたくなかった。

背後から、クラクションが鳴らされる。道の端に移動し、とりあえず駅の方向へと歩を進めた。

執拗に鳴り続けるクラクション。ゆっくりと振り返った月菜の視線の先……運転席の窓から身を乗り出す男性の影。

恐怖に、肌が粟立った。瞬間、部屋に戻ろうかどうか迷ったが、いまは、夫と、ましてや、千春と顔を合わせたくなかった。

月菜の歩調は、車から逃げるように小走りになった。

「月菜さん」

聞き覚えのある声に足を止め、もう一度、首を後ろに巡らせる。

次第に闇に慣れた眼が、ぼんやりと浮かび上がる輪郭を捉えた。

「やっぱり、月菜さんだ」

人影の正体……克麻が、手を振りながらにっこりと微笑んだ。

# 15

月菜は、目を疑った。

克麻がどうしてここに？　彼に、自宅の住所を教えた覚えはなかった。

「昨日のことを直接会って謝りたくて……なにかあったんですか？」

克麻が言葉を切り、月菜の顔を窺うように覗き込む。

「ううん。別に」

無理に頬を綻ばせる。悴《かじか》んだように奥歯が鳴り、膝が震えた。表情はごまかせても、心の震えはどうしようもなかった。

「お店に寄ったら閉まっていたので、早智子さんにここの住所を訊いたんです。もちろん、部屋を訪ねるつもりはありませんでした。ちょうどいま、電話をかけて少しだけ時間をもらおうと思っていたところなんです」

携帯電話を窓から出した克麻が、月菜の心を見透かしたように言った。

「もう、気にしないで。私も、なんとも思ってないから。じゃあ……」
二、三歩後退《あとずさ》りながら、月菜は言った。
これ以上会話を続けると、凍えそうな胸のうちを悟られてしまいそうだった。

行くあてのない月菜には、突然に現れた克麻の存在は渡りに船……でも、自分が乗る船とは違う。

「待ってください」

踵《きびす》を返しかけた月菜を呼び止め、克麻が車から降りて歩み寄ってくる。

「なにか、あったんですね？　僕でよかったら、なんでも聞きますよ」

「たいしたことじゃないの。ちょっと、夫と喧嘩しただけ。ほら、夫婦喧嘩は犬も食わないっていうじゃない？」

笑ったつもりだった。彼は、にこりともせず、月菜の顔をじっとみつめていた。

「早智子から、事情を聞いたわ。店を、クビになったんですって？」

心の襞《ひだ》に入り込むような視線に耐えきれず、月菜は話題を変えた。

「ええ。すっぱりとね」

克麻が、寂しげに笑う。鎌首を擡《もた》げた同情心から慌てて眼を逸らす。

「あのとき私がよけいなことを訊いたから……ごめんなさいね」

月菜は、「フリータイム」での克麻との会話を思い浮かべながら詫びた。

「いいんです。どの道、辞めようかと思っていましたから。あそこの店長、凄く差別主義者で、もともと僕とは気が合わなかったんです。勤め始めてすぐに、中国だか台湾の人の入店を店長が拒否したことがあって。で、いまどき、それはおかしいでしょう？　と。恐れ知らずにも、新人の立場で激しく抗議しちゃったんです。それ以来、眼をつけられたってわけです。僕の秘密を知った店長は、鬼の首を取ったように口汚なく罵《ののし》ってきましたよ。なぜ、女性を愛せるというだけで、あんな男に人格を否定されるようなことを言われなければならないのか……。一発、ぶん殴ってやればよかったかな」

無理におどけた口調で言い、克麻が拳《こぶし》に息を吐きかけた。

本人が言うように、きっと、聞くに耐えないひどいことを言われたに違いなかった。

月菜は、彼の中の闇に足を踏み入れようとする自分を、懸命に引き戻した。

「月菜さんにあんな失礼なことを言ってしまって……本当に、すみませんでした」

「克麻君」

月菜は小さく息を吸い込み、彼の瞳をみつめた。

「もう、これっきりにしましょう。誤解しないでね。今回のことは関係ないの。あなたが携帯電話を忘れ、私がそれを返して、あなたがお礼にお酒をご馳走してくれて……。なんだかおかしな関係になってしまったけれど、もともとは、携帯電話を返した時点でそれっきり、っていうのが普通の流れだと思うの」

びっくりしたように、克麻が切れ長の眼を見開き息を呑む。そして俯き、自分になにかを言い聞かせるように二、三度小さく頷くと顔を上げた。

「自分の秘密をカミングアウトした人だからって、月菜さんに甘え過ぎていたみたいです。女性に興味がなくても僕は男だし、あなたは人妻ですもんね。わかりました。もう、僕からは絶対に連絡もしないし、月菜さんの前に姿を現さないと約束します」

克麻が白い歯を覗かせ、右手を差し出した。束の間躊躇った月菜だったが、そっと彼の手を握った。

「一番最初に月菜さんと出会っていたなら、僕は、女性を愛せるようになっていたかもしれません」

克麻の指先に、微かに力が入る。今度は、月菜が息を呑む番だった。

彼の言葉の意味を、深くは考えないようにした。

「じゃあ、負けないでね」

多数派の人達に、という思いを込めて言った。

「月菜さんも、負けないでください」

克麻が、吹っ切れたように破顔した。

彼の「明るい笑顔」を、月菜は初めてみた。

誰に、負けないようにすればいいのだろう?

ふと、疑問が胸を過《よ》ぎる。

克麻には、偏見の眼でみる「世間」という明確な敵がいる。でも、自分が戦うべき相手はどこにもいない。

もし、敵がいるとするならば、それは、ありのままを受け入れることを拒絶し、「森の出口」を探し続けようとする自分自身だ。

「うん」

月菜は重なり合う手をゆっくりと解き、彼に負けない笑顔で頷いた。

とりあえず、今夜は早智子の家に転がり込むしかない。

そう思い踵を返しかけたそのとき……エントランスのほうから、足音が聞こえた。

オートロックのガラス扉の向こう側……夫が、少し遅れて千春が現れた。

「月ちゃん」

夫が、月菜の姿を認めて駆け寄ってくる。エントランスの階段の上では、千春が不安げな顔で立ち尽くしている。

家を飛び出した妻を、心配して追ってきた夫と赤の他人の女性。

ふたたび、惨めな思いに囚われる。

いったい、なにをやっているのだろう？　本来、彼の側《そば》に立っているのは、自分のはず……。

情けなさに涙がこみ上げ、躰が震えた。足が竦《すく》み、この場から逃げ出すことさえできなかった。

まるで、さらし者にされているような気分だった。どうしようもない孤独感が躰をすっぽりと包み込む。

月菜は唇を噛み締め、懸命に嗚咽を堪《こら》えた。

これ以上、誰にも惨めな姿をみせたくはない。

夫にも、そして千春にも……。

後ろから、誰かに手首を摑まれた。月菜は振り返る。克麻だった。怖いほどに真剣な眼差しが月菜に……それから背後の夫に注がれた。

腕を引かれ、抱き寄せられた。踵《かかと》が浮き、爪先立つ月菜の顔に、斜めに傾けられた彼の顔が近づく。

瞬間、なにが起こったのかわからなかった。唇に触れる柔らかな感触。背中に回された両腕……わかったときには、右手を飛ばしていた。

静寂な夜気に派手な衝撃音が響き、掌に激痛が走った。月菜は手の甲を克麻の余韻が残る唇に当て、俯く彼の横顔を睨みつけた。

太鼓のような心音が体内で鳴り響き、熱くたぎる血液が物凄い勢いで皮下を駆け巡る。

高熱に浮かされたように、荒い息が唇から零れ出す。

「すみません……」

克麻が消え入るような声で呟き、重い足取りで車へと向かった。

大雪原に放り出されたように膝が震え、気を抜けば、その場に座り込んでしまいそうだった。

まどろみかけた住宅街に、排気音が轟《とどろ》いた。

月菜は呆然と立ち尽くし、漆黒に霞んでゆく赤いテイルランプを見送った。

つい一、二分前に起こった出来事が、いまだに信じられなかった。

月菜は乱れた呼吸を整え、恐る恐る後ろを振り返った。
二、三メートル先に、石のように固まり表情を失った夫の姿があった。
大きく見開かれた瞼の奥の瞳が不規則に揺れ、太腿の横で拳をきつく握り締めている。

無理もない。妻が、目の前で見ず知らずの男に唇を奪われたのだから。

月菜に触れることさえできない夫には、キスそのものよりも、抱擁している姿を眼にしたことのほうがショックだったのかもしれない。

「誰……なんだい？」

耳を澄まさなければ聞き逃してしまいそうな薄く掠れた声で、夫が訊ねてきた。

返す言葉がなかった。

どんな説明も、この状況においては意味をなさないということがわかっていた。

しかし、妻として、意味をなさない説明でもしなければならないこともわかっていた。

「彼は……」

「君の店に……携帯電話を忘れた青年かい？」

月菜の言葉を遮るように夫が質問を重ねてくる。

あの日以来、克麻が月菜の心の片隅に居座っていたのは事実。夫は、それに薄々感づいていたのだろう。

月菜は、うなだれるしかなかった。

もし逆の立場なら、千春と夫がそうしている場面を眼にしたならば……と考えると、彼の心中が痛いほどにわかった。

もちろん、望んでそうしたわけではない。

そう、これは不可抗力。けれど、もともと、「携帯電話を忘れた青年」として二度と会っていなければ、こういうことも起こらなかったはずだ。

「君は、部屋に戻りなさい」

月菜は顔を上げた。

夫らしくない大人っぽい物言いが、不安を掻《か》き立てる。

「……あなたは？」

月菜の問いかけに、今度は夫がうなだれた。

肩が上下に小刻みに動き、ズボンの腿のあたりに指先が食い込んでいた。

「水島さん」

エントランスの階段を駆け下りた千春が、夫から二、三歩離れたところで足を止める。

同じ病に苦しむ者同士、相手を緊張させない間《ま》というものを心得ているのだろう。

「大丈夫ですか？」

もちろん誰かのように、いきなり背中に触れるような愚かなまねはせずに、上体を屈《かが》めるようにして彼の顔を覗き込んでいる。

妻より夫のことを知り尽くしているとでもいうように……。

いまの月菜には、もう、彼女にたいして不快な気持ちになる資格も、ましてや、きつい言葉を投げかける権利もない。

夫が踵を返し、マンションにではなく駅の方向へ歩き出した。

千春が咎《とが》めるような眼を月菜に残し、彼のあとに小走りに続いた。

月菜は、遠ざかるふたりの背中を、ただ見送ることしかできなかった。

私達の世界に帰ろうね。

夫にかけられた千春の声が、聞こえたような気がした。

# 16

「まったく、こんな時間にいきなり押しかけてきて。彼氏とあの最中だったら、どうする気？」

早智子が、呆れたようなため息を吐き、リビングのソファでうなだれる月菜にマグカップを差し出した。

「ごめん」

いつもながらの煮詰まったコーヒーをひと口啜り、か細い声で詫びた。

もちろん、彼女が本気で迷惑がってはいないことはわかっていた。

むしろ、早智子の瞳は、どんな面白い話を聞かせてくれるのだろうとでもいうように、好奇のいろに満ちていた。

早智子の性格を知っているからこそ、彼女の家に転がり込むことを躊躇った。

しかし、いまの自分には、常識に囚われない早智子のような存在が必要だった。

そう、今夜起こった出来事は、多分、常識論で答えを導き出せるものではない。

「で、この世の終わりみたいな顔をしている月菜ちゃんは、今度はどんな問題を抱え込んでしまったのかな？」

子供番組のおねえさんのような口調で早智子が訊ねる。彼女一流の気遣《きづか》いだ。

月菜にしても、いったい、どうしたのよ？　などと深刻な顔で問い詰められたら、事情を話そうという気にはなれないだろう。

月菜は、夫とのセックスがうまくいかなかったことだけを伏せて、帰宅したら千春と鉢合わせたことから話を始めた。

「彼、やるじゃない。克麻君のキス、うまかった？」

月菜の説明が終わるやいなや、早智子は口笛を吹いて声を弾ませた。

「冗談はよして。これから先、どうしていいのかわからなくて悩んでいるんだから」

唇に蘇る克麻の「感触」を慌てて追い払い、月菜は肩を落とす。

「どうして悩む必要があるのよ。そんな旦那なんか、別れちゃいなよ」

早智子が煙草に火をつけ、あっけらかんと言った。

「別れるって……悪いのは私なのよ？」

「月菜って、昔からそうだったよね。なにかといえばすぐに責任を感じてさ」

顔を横に向け、糸のような紫煙を吐き出す早智子。

「でも、今夜のことは、本当に私が悪いのよ」

闇の中に消えゆく夫の背中……思い出しただけで、喉に異物が詰まったように苦しくなる。

「どこが？　旦那は、あなたがいない間にほかの女を勝手に部屋に上げてたんでしょう？同情することなんてないわよ」

「だけど、別に変なことをしていたわけじゃないし……」

「変なことをするより質《たち》が悪いんじゃない？　あなたの席に座って、あなたしかみることのできない原稿を読んで、愉しそうに笑い合って……それって、私達が遥か遠い昔にどこかへ置き忘れてきたプラトニックラブってやつじゃない？」

早智子の言うとおりなのかもしれない。男性の肌の温《ぬく》もりを知らない時代にも、たしかに愛は存在した。

相手の眼差しひとつに鼓動を高鳴らせ、イントネーションの微妙な変化に気を揉み、自分の話に身を乗り出してくれただけでしばらくは幸せな気持ちでいられた。

些細《ささい》なことに胸を弾ませ、ちっぽけな話題でワインも飲まずにひと晩中語り合えたあのときの私達は、どこへ行ってしまったのだろうか？

「男と女の関係っていうのは、陸上と同じよ」

「え？」

早智子の突飛なたとえに、月菜は訝しげな顔を向けた。

彼女が学生時代に陸上部だったことは知っているけれど、それが男女関係とどう関係があるというのだ。

「ここに、八百メートルを走ろうとしているふた組のカップルがいます。片方のカップルはトラックを走り、もう片方のカップルはグラウンドの外を走ります。トラックを走っているカップルは代わり映えのしない単調な景色につまらなさそうで、次第に苦しげな表情になってきます。それにたいして、グラウンドの外を走っているカップルは、めくるめく景色の移り変わりに視線を奪われ、とても愉しそうです」

「ちょっと待って。私達が、トラックを走っているカップルだと言いたいの？」

月菜はマグカップを口もとに運ぶ手を止め、憤然とした口調で言った。

あら、なんでわかったのかしら。早智子が煙草の煙を口の中で弄《もてあそ》び、惚けた表情で首を傾げた。

「私とよし君は……」

「そのよし君は、千春って女と新鮮な景色を愉しみながら走っているの。いい？　月菜」

灰皿に煙草を押しつけた早智子が、それまでと別人のような真剣な眼差しを月菜に向けた。

「結局旦那は、そのコと一緒にどこかへ行っちゃったんでしょう？　だったら、遠慮することないわ。あなたは、克麻君と一緒に走ればいいじゃない。戸籍なんて紙切れ一枚の契約に縛られる必要なんてないわよ」

克麻と一緒に……。

薄く赤みがかっている右の手首に視線を落とす。物凄い力だった。あっという間に引き寄せられ、気づいたときには身動きできないほどにつよく抱きしめられ、唇を奪われていた。

無意識に彼の頬を打《ぶ》ったのは、人妻にたいして、それも夫の目の前であんな行為に及んだことへの怒り……そして、自分にたいしての怒りだった。

あのとき、ほんの刹那《せつな》でも、我を忘れている自分がいた。七年振りの懐かしい感覚を、克麻によって呼び起こされた自分がいた。

「ねえ、これから、どうするつもり？」

ここへ向かう道すがら、絶え間なく自分自身に問いかけていた声を、早智子が口にする。

わからない。嘘偽りない本音。早智子が肩を竦め、信じられないといった顔で首を横に振った。

「もしかして、まだ、罪の意識を感じているわけ？　友達だから庇っているんじゃなくて、あなたは悪くないって。それに、旦那は、ただみていただけなんでしょう？　野生動物にたとえるなら、彼は雌の奪い合いに負けて尻尾《しっぽ》を巻いて逃げ出したのと同じなんだから、月菜のことをどうこう言う資格はないわ」

雌の奪い合いにたとえるなど、早智子らしい、と月菜は思った。

しかし、月菜の心の中にも、そういう気持ちはあった。

奪い取ってほしかった。そして、克麻の「余韻」を忘れるほどに、きつく抱きしめてほしかった。

「そんなことでくよくよする暇があったら、克麻君のことを考えてあげたらどうなの」

「彼の？」

「そうよ。だって、月菜の話では、もう会うのはやめようってことで、握手までしたんでしょう？」

月菜は頷く。

「なのに、旦那が出てきた途端に、どうしてそんなことをしたと思う？　夫婦仲を壊して漁夫の利にあやかろうとでも？」

それは、月菜もずっと考えていたこと。なぜ、車に戻りかけた彼が突然にあんなことをしたのか、不思議でたまらなかった。

たしかに、克麻には常識に囚われない部分がある。かといって、彼が非常識な人間かといえば違う。

少なくとも、月菜と夫の仲をどうこう考えるような卑劣な男ではない。

「さあ」

力なく首を横に振る。

気にならないと言えば嘘になる。でも、月菜には、それ以上に気になること……夫はいま、どこで、なにをしているのか？　ということがあった。

「あなたって、よく言えばおっとりしてて、悪く言えば鈍感ね。克麻君は、あなた達の仲を壊そうとするどころか、元に戻そうとしたのよ」

「元に？　だったら、どうして、よし君の目の前であんなことをするのよ？」

もっと、男性経験を積んだほうがいいんじゃないの？　新しい煙草に火をつけた早智子が、紫煙とともに長い吐息を漏らした。

「前に、なんとかかっていうカウンセラーの先生が言っていたんじゃないの？　旦那には、ショック療法が必要だって」

「じゃあ、彼は……」

月菜を抱きしめたときの、夫に投げた彼の怖いほどに真剣な眼差しが蘇る。マグカップの中の濃褐色の液体が激しく波打った。

「いま頃気づいたの？　月菜がほしいだけなら、旦那が現れる前にそうしているはずでしょう？　オークションなら、克麻君ほどの目玉商品はとっくにほかの誰かに落札されてるわよ。あなたのことを本当に想っているのは、旦那じゃなくて、彼のほうかもよ」

――一番最初に月菜さんと出会っていたなら、僕は、女性を愛せるようになっていたかもしれません。

鬱蒼《うつそう》とした森の中を彷徨っていた雛鳥の目の前に、一本の道が現れた。

それは、いままで歩んできた道とは違うものだった。

この道を進めば、森の出口に辿り着けるかもしれない。諦めかけていた雛鳥の耳に、誰かが囁きかける。

でも、森を出ることができても、それでは、モジャに会えない。

いままでの道をどれだけ歩んでも、モジャはもう、どこにもいない。彼は、仲間のところへ帰ったのだから。

躊躇する雛鳥に、誰かが執拗に囁き続ける。

「でも、いまならまだ、締切りにギリギリ間に合うかもよ。月菜。克麻君を手に入れなさい」

囁きに、早智子の声が重なった。


——月ちゃん。僕達も、ああいうふうになろうね。


新婚旅行先のルツェルンの湖のほとりで、仲良く寄り添いペダル式のボートを漕いでいる老夫婦に穏やかな視線を投げながら、彼はそっと月菜の肩を抱き寄せた。

「ありがとう。私、もう、行くわ」

月菜は、ほとんど口のつけられていないコーヒーの入ったマグカップを置き、席を立った。

「頑張って。気合いよ、気合い」

見送りに出てきた早智子が月菜の背中を叩き励ました。

「勘違いしないで。家に帰って、よし君を待つの。いろいろとアドバイスしてくれたのにごめんね。やっぱり、早智子のようにはなれないわ」

「あなたって人は……」

早智子の言葉を最後まで聞かずに、月菜は部屋をあとにした。

◇　◇

月菜を追って慌てて飛び出したのだろう、玄関のカギは開いたままになっていた。

「ただいま」

いつもの習慣で、ドアを開けながら無人の部屋に声をかける。

早智子にはああ言ったものの、夫がいつ帰ってくるのかわからなかった。

原稿の締切りがあるので、そう何日も家を空けることはないと思う。

もっとも、それは、夫が仕事を続けられる精神状態だったらの話だ。

千春のものだろう香水の残り香……仄《ほの》かな甘い匂いが、月菜の気を落ち込ませた。

しかし、もう、神経が逆撫でされることはなかった。というより、その気力さえなかった。

暗鬱な気分に手を引かれるようにリビングへ向かう。ドアを開けた月菜は、予期せぬ光景に眼を疑った。

ソファに座った夫が、テーブルに屈むようにして原稿の位置を何度も直していた。

原稿の底辺がテーブルの縁《ふち》に平行になっても、一ミリ単位の傾きが許せないのか、交互に、右角を上げたり左角を上げたりを繰り返している。

「帰ってたの？」

月菜の問いかけに答えず、夫は原稿の位置を直し続けている。

怒っているのだろう。当然だ。本来の夫婦生活に戻るには、かなりの時間を必要とするに違いない。

もともと抱えていた問題もあるので、一年……いや、感情のしこりが雪解けするには気の遠くなるような年月がかかるのかもしれない。

それでも、構わなかった。あのルツェルンの老夫婦のようになるまでに、時間はまだまだいくらでも残されている。

雪解けの日が、この世に別れを告げる一ヵ月前に訪れることになっても、後悔はしない。

あんなにひどいことをした妻のもとに戻ってきてくれただけで、月菜にはほかに望むものはなかった。

「よし君。なにを言っても許されることではないけど、私の話を聞いてくれる？」

夫が、原稿の位置を直していた手の動きを止めた。

「君には、最初から怒ってなんかいないさ」

そして、顔を正面に向けたままくぐもった声で言った。

「じゃあ、彼のことを……？」

「最初はね。でも、ここにくるまでに許したよ」

「でも……」

「でも、どうしても、僕自身だけは許せない……」

月菜を遮るように、夫が掠れた声を絞り出した。

「月ちゃん」

夫が、初めて月菜と視線を合わせた。

潤む瞳は赤く充血し、涙を堪えているのか、への字に引き結ばれた唇が小刻みに震えていた。膝の上に置かれた両手で、携帯電話を強く握り締めている。

「よし君、本当にごめんなさ……」

「僕達、別れよう」

その瞬間、時間《とき》が冷たい音を立てながら氷結した。

「いま……なんて、言ったの？」

月菜は、自分が聞き違えたと信じたくて、夫に問いかけた。

彼が、そんなことを言うわけがない。これは、きっとなにかの間違い。そうに決まっている。

「別れようと言ったんだ」

聞き違いでも空耳でもなかった。夫はたしかに、別れの言葉を切り出したのだ。

どうして？　という思いと、無理もない、という思いが動転する月菜の胸で複雑に絡み合う。

「あなたが、私を許せないのはわかる。でも、彼とは、そんな関係じゃないの」

そんな関係でなければ、どんな関係だというのだろう。

少なくとも、克麻と出会ってからの自分の行動が、夫に胸を張れるものではないことを月菜は知っていた。

「違うんだよ。さっきも言ったけど、彼は無関係だ。いや、無関係じゃないかな。彼は、気づかせてくれた。僕では、月ちゃんを幸せにすることはできないってね」

夫は言うと、自嘲気味に笑った。

「どうして？　私は、あなたと結婚して本当によかったと思っている。私は幸せよ。だから、そんなことを言わないで」

月菜は懇願《こんがん》し、夫のどうしようもなく寂しげな瞳をみつめた。

「君が哀しんでいるときに、肩を抱くこともできない。凍えそうな寒い夜に、温めてあげることもできない。こんな僕と結婚して、どこが幸せなんだい？　僕だって、彼みたいに、この腕で月ちゃんを抱きしめたいよ……」

夫が月菜から逸らした視線を両手に移し、つらそうに肩を震わせた。

「よし君……こっちをみて。私は、あなたがいてくれればそれで平気。本当よ。ねえ、よし君……」

「僕がそっちの世界に戻れないのなら、いまの世界に止まるしかないんだ。周りが僕と同じ病気の人ばかりなら、誰も傷つくことはない」

苦痛に満ちた夫の表情が……絞り出した言葉が、月菜の思考を止めた。

「それは……千春さんのことなの？」

自分の声が、誰かほかの人のもののように聞こえた。

月菜は、祈るような瞳で夫をみつめた。

首を横に振ってほしい。なにを馬鹿なことを言ってるんだ。そう、強く否定してほしい。

しかし、彼はただ俯き、虚ろな瞳を膝の上に向けているだけだった。

「そうなの？　よし君。なんとか言って……お願いだから……」

夫は立ち上がり、小さく首を横に振ると、ドアへ歩を踏み出した。

その仕草が、月菜の質問にたいしての否定の意味でないことはわかった。

「どこへ行くの？」

月菜の問いかけに、夫が足を止めることはなかった。

「私ひとりで、どうやって生きていけばいいの!?」

今度は足を止め、ゆっくりと振り返った。

「君は、空を飛べばいい」

夫が口もとに静かな微笑みを湛え、微かに頷くと「森」の奥へと消えた。

◇　◇

視界が、波打つ水面から覗きみる海底のようにゆらゆらと揺れた。

しばらくして、月菜は揺れているのは自分の躰のほうだということに気づいた。

気怠げに腕を伸ばし、ワインボトルを手に取った。開けたばかりなのに、もう、三分の一も残っていなかった。


——君は、空を飛べばいい。


あの言葉が、『モジャ』の物語にたとえたものであるのは間違いなかった。

雛鳥の足枷《あしかせ》にならないように、モジャは仲間のもとへと帰ってゆく……。

「それで……彼女のところに行くってわけ」

呂律《ろれつ》の回らない口調で、月菜は呟く。

どこで、ボタンをかけ違えてしまったのだろう。なぜ、こんなことに……。

ワイングラスを傾け、背中からソファに倒れ込む。口もとから零れた液体が月菜のブラウスをルビー色に染め、フローリングに落ちたグラスが甲高い破損音を立てて砕け散った。

夫のあとを小走りに追う千春の姿が脳裏に蘇り、アルコールの回りをはやくする。

月菜は、仰向《あおむ》けの姿勢で、携帯電話を手に取った。おぼつかない指先で、十一桁の番号を押した。

『はい。榎です』

受話口から流れてくる克麻の声に、月菜の中で複雑に入り乱れていた感情が一気に込み上げた。

「大胆な坊やは、元気にしてるかな？」

月菜は、キーホルダーを指先でクルクルと回しながら、大声で笑った。

『月菜さん……？』

「そうよ。あなたが唇を奪った人妻でーす」

投げやりな気分が、月菜を別人格にする。

『お酒、飲んでますね？』

「飲んでるわよ。だったら、なんだっていうのよ？　私は未成年じゃないの。三十三歳の女が、お酒を飲んじゃいけないとでも？」

ふたたびの高笑い。月菜の指から外れたキーホルダーがプロペラのように回転しながら飛び、壁にぶつかった。

『なにか、あったんですね？』

「それって、ジョーク？　あんなこととして、なにかあったに決まってるじゃない。彼、出て行っちゃった。別れようって。どう？　お望み通りになった気分は？」

酔いに任せて、克麻に絡んだ。

『そうですか……』

「いまから、ウチにおいでよ。乾杯しよう。私とよし君の、離婚決定記念日にさ」

投げやりになるほどに、虚《むな》しさが募りゆく。月菜はのろのろと身を起こし、ワインボトルに直接口をつけた。

『……すみません』

「謝ったって、彼は帰ってこないわ。どうして、あんなことをしたのよ!?　ねえ、どうしてよ!?　あなたが、目茶苦茶にしたのよ……あなたのせいで、よし君は……」

携帯電話が掌から滑り落ちる。月菜は俯《うつぶ》せに突っ伏し、声のかぎりに号泣した。

この涙が涸《か》れれば時間《とき》が巻き戻せるというのなら、いつまでも、泣き続けるつもりだった。

◇　　◇

二本目のボトルも、半分近く空いていた。ひとりで、これだけの量を飲んだのは、ちょっと記憶になかった。

テーブルに覆い被《かぶ》さったままの格好で、月菜はワイングラスに腕を伸ばした。

ボトルが二重にみえ、月菜の手は何度も宙を摑んだ。

ゼンマイの切れかかったおもちゃのように、躰の動きが鈍くなっている。

ようやくボトルに手がかかったが、グラスに注ぐのも億劫だった。

月菜は、腕を伸ばしたまま眼を閉じた。

飲み過ぎと泣き過ぎで麻酔をかけられたように重々しく腫《は》れた瞼の感触が不快だった。


——僕では、月ちゃんを幸せにすることはできない……。

アルコールで思考は朦朧《もうろう》としているのに、夫の言葉だけは鮮明に蘇る。

「あなたができなければ、誰がするのよ……」

月菜は、涙声で呟いた。

瞼の裏に極彩色の気泡が浮かび、頭がグルグルと回った。意識が、脳の中心に向かって吸い込まれ、躰がすぅっと軽くなる。

まどろみに誘われそうになったときに、インタホンのベルが月菜を現実世界へと引き戻した。

「よし君」

月菜は弾かれたように腰を上げた。急に立ち上がったので眩暈《めまい》に襲われ、こめかみがズキズキと痛んだ。

構わず、玄関へと駆けた。ドアを開けた月菜は、瞬間、言葉を失った。

「もう、二度と現れないと約束したのに、早速、破っちゃいました」

克麻が、にっこりと微笑んだ。

「夫に捨てられた惨めな私を、笑いにきたの？　いいわ。笑われてあげる。上がりなさいよ」

月菜は、克麻のワイシャツの胸もとを摑み、顔を近づけて言った。

自分で、自分がなにを言っているのか、なにをしようとしているのかわからなかった。

ただ、行き場のない怒りを誰かにぶつけなければどうにかなってしまいそうで、克麻に当たるしかなかった。

「いえ、僕はここで。月菜さんが心配で、様子をみにきただけですから」

「いいから、入りなさいって。いまさら、なにいいコぶってるのよ」

月菜は克麻の手を引き、リビングへと向かった。

「さあ、駆けつけ一杯と行こう」

飲みかけのワインボトルを克麻に差し出す。

「月菜さん。ご主人の留守中に、こんなことをしているのを知られたら……」

「そのご主人の前であんなことをしたのは、だ〜れだ？」

飲まないなら貰《もら》うわよ。月菜は人差し指で克麻の頰を突っつき、ボトルを傾けた。ワインがグラスから溢れ出し、テーブルに真紅《しんく》の海が広がった。

グラスを口もとに運ぼうとした手を、克麻の手が押さえた。

「もう、この辺でやめときましょう。少し、飲み過ぎですよ」

「私が飲もうが死のうが、勝手でしょ？　あなたに、なんの関係があるのよ。笑わせないでっ。もとはといえば、あなたが原因じゃない！」

月菜は克麻の手を振り払い、背中を向けるとワインをひと息に飲んだ……というより、口もとを濡らした、という表現のほうが合っていた。

「僕はご主人に……」

正面に回り込んだ克麻が、言葉を呑み込んだ。

「よし君に、なによ?」

「いいえ、なんでもありません。どんなことをしてでも、責任は取ります。だから、もう、無茶はやめてください」

月菜の手から、グラスが消えた。

「なにするの? 返して……」

「こんなの、月菜さんらしくないですよ。僕に光を与えてくれた、あなたに戻ってくださ い」

グラスを取り戻そうとする月菜の手首を摑み、克麻がつらそうな顔で訴えた。

自分が彼に光を?

自嘲の笑いに、月菜の背中が波打った。

克麻に光を与えたことで、自らは闇に包まれる。お笑い草も、いいところだった。

「わかったわ。あなたの望み通りにしてあげる」

月菜は、克麻の首に両腕を絡ませ、妖《あや》しげに揺れる瞳でみつめた。

「セックスしましょう？」

頭の中で渦巻くすべての声に目を瞑《つむ》り、ひと息に言った。

「月菜さん……」

克麻が、驚いたように眼を見開いた。

「どんなことをしてでも、責任を取ると言ったよね？　だったら、私を抱いて」


——君は、空を飛べばいい。


よし君、あなたは知ってたかしら？　空が、晴天ばかりではないことを。

月菜は、心で夫に語りかけた。

「それとも、おばさんじゃその気になれないって？」

月菜は克麻を見上げ、微笑みかける。彼はにこりともせずに、首を横に振った。

「じゃあ、証明してみなさいよ。男でしょ……」

克麻が両手で、月菜の左右の手首を摑んだ。歩を詰める彼に、二歩、三歩と後退した。

物凄い力だった。振りほどこうにも、手錠をかけられたように克麻に拘束された両腕は
ピクリとも動かない。

ふくらはぎに、なにかが当たった。バランスを崩し、月菜は尻餅《しりもち》をつくようにソファに座った。

「痛いわ……離して……」

克麻がソファに片膝を乗せ、月菜に覆い被さるように躰を密着させてくる。

「ちょっと、なにをする気？」

月菜はいやいやをするように、背凭れへと伸び上がりながら身を逃す。

「抱いてほしいんでしょう？　それとも、強がりで言っただけですか？」

克麻は挑発的な口調で言うと、唇の端を微かに吊り上げた。

「そんなわけ、ないじゃない。もう、私はどうなったっていいの。戸籍上は人妻でも、じっさいは独身と同じよ。誰となにしようが、関係ないわ」

空を飛ぶしかなかった。雨が降ろうと、風が吹こうと……翼を広げ……未知の領域へと羽ばたくつもりだった。

夫は、妻がそうすることを望んでいるのだから。

「だったら、なにも問題はありませんね。さあ、リラックスして」

月菜は、自分の躰が石のように強張っていることに初めて気づいた。

そして、彼にそれを見抜かれていることにも……。

開き直ったように仰向けになり、肩の力を抜いた。

自分より幾つも若い青年の前で身を硬くするには、年齢を重ね過ぎていた。

覚悟した。克麻と関係を持ったところで、失うものはなにもない。

克麻の手がブラウスに伸び、指先が胸もとにかかった。ひとつ、またひとつボタンが外されてゆく。

ブラウスの胸もとがはだけ、白い肌が露になった。月菜は、交差させた両腕で自分の肩を抱いた。

克麻は、その腕を強引に解き、下着に包まれたふたつの隆起に視線を落とした。

一切の思考を停止し、頭の中を空っぽにした。

どんどん、地上が遠ざかる。家々も木々も、小さく霞んでゆく。

知らない世界……彼のいない世界が月菜を不安にする。

空を飛べなくても、ただそこに彼がいるだけで深い安心感があったということに、いまになって気づいた。

もう、遅い。いつも同じ場所で見守ってくれていた彼の姿は、どこにもなかった。

不意に、彼の右手が月菜の胸に伸びてくる。下着越しに、乳房を鷲摑《わしづか》みにされた。

月菜は小さく悲鳴を上げ、大きく眼を見開いた。怯《おび》える瞳を克麻に向けた。

「それが、抱いてほしいと迫ってきた人の顔ですか？　僕には、その場にいる適当な男を相手にして現実から逃避しているようにしかみえませんね」

「私は……」

「ゲイが相手なら、人畜無害とでも？」

口調こそ穏やかだったが、克麻の眼はとても哀しげだった。

月菜の酔いは、一気に醒めた。

「そんなつもりは、なかったの」

「わかってます。僕は、ご主人の代わりに選ばれただけですから」

「今夜は、ちょっと飲み過ぎたわ。ごめんなさい」

月菜は身を起こし、素直に詫びた。ブラウスの胸もとが大きくはだけていることに気づき、慌てて腕で隠した。

「今日だけのことじゃありません。あなたはいつも、僕にご主人の姿を重ね合わせていた。最初から、ずっとね」

彼の言葉は、耳が痛かった。

そう、克麻にたいして感じた胸のときめきは、すべて、夫に期待していたものだった。

「それでもよかった。最初の頃はね。でも、いつの頃からか、月菜さんの瞳がご主人に向いているのを感じると、胸が苦しくなった。これが、初恋なのかなって」

「克麻君……」

「今夜は、これで帰ります。身代わりなんて、いやですからね」

克麻が立ち上がり、寂しげに笑った。

「月菜さん。僕は、あなたにもう一度だけ嘘を吐きます」

そのとき、月菜には、克麻が言っている意味がわからなかった。

「嘘……って？」

「あなたの前に二度と現れないと誓ったのに、今夜、ここを訪れたのが一度目の嘘。そして、二度目の嘘は、その誓いを反故《ほご》にすることです」

克麻が、真剣な眼差しを月菜に向け、小さく息を吸った。

「僕なら、あなたを幸せにできる」

自信に満ちた瞳。月菜はどう答えていいのかわからず、克麻から逸らした視線を爪先に落とした。

「あなたの期待するような返事はできないことを、わかってるでしょう？」

「もちろん、いますぐにどうこうなんて思ってはいません。ただ、月菜さんに僕の気持ちを伝えておきたかっただけです」

「どうして？」

月菜は足もとで砕《くだ》け散るワイングラスをみつめ、呟くように言った。

「どうして、こんなおばさんがいいの？　あなたなら、相応しい年頃の女のコがいくらでもいるじゃない？」

謙遜でも自分を卑下しているわけでもなかった。

夫を救えない妻が、誰かに愛される資格はない。彼ほど純粋な青年を、月菜はひとりを除いてほかに知らない。

そのひとりは、水島良城。克麻と、若い頃の彼はよく似ていた。

似ているどころか、容姿も、性格も、仕草も、ふたりに共通項はない。

だけど、似ていた。口ではうまく言い表せないが、克麻と喋っているとタイムスリップして若かりし頃の夫と話している気分になる。

「あなたは、おばさんなんかじゃない。少なくとも、これまでに僕が出会った中では一番魅力的な女性です」

嬉しくないと言えば嘘になる。しかし、自分が「魅力的な女性」なんかではないことを、月菜は知っていた。

「下まで、送って行くわ」

月菜は克麻と眼を合わせずに、逃げるようにリビングを出た。

「ここまでで、大丈夫です。今度、また、改めて月菜さんに会いにきます」

克麻が差し出した右手を前に、月菜は躊躇った。

今日、これで二度目。さっきの握手とは意味合いが違う。

彼の手を握ってしまえば、受け入れることになる。そして……すべてを捨てることになる。

なにかを吹っ切るように、顔を上げた。月菜は頭の中で渦巻く声を追い出し、ゆっくりと克麻の掌に掌を重ねた。

後悔はなかった。後悔とは、道を踏み外したときにするものだから。

月菜には、もはや、踏み外す道もない。

「じゃあ、僕はここで」

克麻の背中がドアの向こう側に消えたとたんに、急に足が震え出し、月菜は玄関マットの上に崩れ落ちるように座った。

彼の掌の感触が残る胸を、そっと押さえた。

鼓動が早鐘を打っていた。視線が虚ろに宙を漂う。

目の前のドアが開いた。

青褪《あおざ》めた顔で佇む千春。彼女の眼が、月菜の乱れたブラウスに素早く注がれた。

「水島さんは、どこに……？」

すぐに、千春がなぜここへ現れたのかを悟った。

月菜は、力なく首を横に振った。

「あの人とふたりきりで、なにを……していたんですか？」

千春が、高くうわずる声で訊ねてきた。

「あの人」が、克麻のことを言っているのは間違いない。

「あなたには、関係のないことでしょう？」

視線を宙に泳がせたまま、千春とは対照的な無機質な声で言った。

「私……どんな理由があっても奥様が留守のときに勝手に部屋に上がり込むなんて、やっぱり非常識だな、って反省しました。でも……月菜さんは最低です。あんなことがあって水島さんを傷つけた上に、男の人を部屋に連れ込むなんて……絶対に許せませんっ」

千春が歯を食いしばり、赤く涙ぐんだ眼で月菜を睨みつけた。

手に持ったハンカチの縁の部分を、神経質に動く指先で何度も重ね合わせては折り畳み、また、広げては縁を重ね合わせて折り畳むことを繰り返す彼女に、夫の姿が重なった。

「私のやったことは、責められることだと思う。だけど、それは、あなたにじゃないわ。

これは、私達夫婦の問題なの」

妻として精一杯のプライド……そして最後の抵抗だった。

「夫婦だからって、なにをやってもいいんですか？　あんなに優しいご主人に……ひど過ぎます」

千春の頬に、光るものが伝った。

夫のために泣いている彼女を、羨ましく思う。自分は、もう、彼のために哀しむことさえ許されなかった。

「私が、よし君の優しさを知らないとでも思って？　好きで……傷つけてるとでも思って？　あなたに、私達のなにがわかるっていうの？」

どうしようもないやるせなさが込み上げる。

月菜は、口を割って出そうになる嗚咽を呑み込んだ。

「夫婦のことは、よくわかりません。でも、月菜さんのやったことが水島さんにたいしての裏切り行為だということは、私にもわかります」

千春がハンカチをきつく握り締め、白っぽく染まった唇をわなかせた。

「悪いけど、もう、帰って……」

「別れてください」

それまでの彼女からは想像のつかない毅然とした口調で、千春が言った。

「これからは、水島さんのことは私が支えます」

過呼吸の患者のように喘《あえ》ぎ、膝を震わせる千春。月菜の胸も震えていた。

「好きに……すればいいわ。とにかく、帰って」

千春に背を向け、呟いた。

自分はどこへ帰ればいいのだろう？　と月菜は思った。

# 17

明治通り沿いで渋滞する車の中から、ドライバー達のため息が聞こえてくるようだった。

特異なファッションや奇抜な髪型をした数人の若者達が、意味もなく路上でたむろし、声高に笑っていた。

原宿駅に近い喫茶店。月菜は、頬杖《ほおづえ》をつき、虚ろな瞳で彼、彼女らをみつめていた。

待ち合わせ場所に、いつもなら、立ち寄ることのない場所を選んだ。

夫から電話があったのは昨日。彼は、どこにいるとも、なにをしているとも言わず、ただ、話があるとだけ告げてきた。

どんな話かは、だいたいの見当がついていた。

だからこそ、家ではとても会う気にはなれなかった。

彼が潔癖症であるぶん、普通の夫婦よりもたしかに苦労は多かった。

けれど、普通の夫婦よりは強い絆《きずな》で結ばれていると信じていた。

いらっしゃいませ。ウェイトレスの声に、月菜は視線を窓ガラスから出入り口へと移した。

自動ドアの前で佇む夫が、硬い表情で小さく右手を上げた。

「遅れて、ごめん。青山通りで、渋滞に引っかかっちゃって」

夫が椅子にハンカチを敷き座ると、テーブルの上を携帯用のウエットティッシュできれいに拭った。

午後一時十五分。月菜は、いま初めて、約束の時間を十五分過ぎていることに気づいた。

——僕達、別れよう。

夫のあのひと言から、月菜は店にも出ず、家に籠りっきりだった。

朝起きて、観もしないテレビをつけっ放しにして無為《むい》な時間を過ごし、昼間からワイングラスを傾けていた。

——これからは、水島さんのことは私が支えます。

靄《もや》がかかったような頭の中で、千春の声が繰り返し鳴り響いていた。

好きにすればいいわ。そのひと言を返すのが精一杯だった。

月菜と夫の関係は、早智子が言うようにもはや紙切れ一枚の繋がり……その紙切れ一枚の関係も、もうすぐ終わりを告げようとしていた。

ご注文は、いかがなさいます？　コーヒーをください。

夫とウェイトレスのやり取りを、シナモンティーを意味もなくスプーンで掻き回しながらぼんやりと聞いた。

「月ちゃん」

月菜は、スプーンを回す手を止め、能面のような無表情な顔を上げた。

すべての、感情のスイッチをオフにしていた。そうしなければ、彼の口から聞かされるだろう言葉に耐え得る自信がなかった。

「こんなに苦しませてごめん」

つらそうに眼を逸らし、夫が言った。

あなたが、謝るなんておかしいわ。月菜は呟き、すっかり冷めたシナモンティーを啜った。

そう、悪いのは自分だった。

――僕は、ご主人の代わりに選ばれただけですから。


哀しげな克麻の眼。

傷つけたのは、夫だけではなかった。

たしかに、夫との関係がうまくいっていたならば、最初のお礼の段階で、飲みにいったりはしなかっただろう。

代わりというつもりはなかったけれど、夫に求めていたものを兼ね備えている彼に、心が動かされていたのは事実だった。

月菜は、左手の薬指のきらめき……指輪を外し、夫の前に置いた。

「月ちゃん……」

「持ってきたんでしょう？　離婚届」

月菜は、敢《あ》えて淡々とした口調で言った。

夫が、よくみていなければわからないほどに小さく顎を引いた。

「そうよね。あなたの前で、あんなこと、してしまったんですものね。でも……」

ウェイトレスがコーヒーを置いた。月菜は口を噤む。すかさず夫はスプーンを丹念にウエットティッシュで拭った。

「でも、なんだい？」

「私を許せないのならわかる。だけど、あなたが自分自身を許せないから別れるだなんて、それは、納得できないわ」

「いまに始まったことじゃないんだ。ずっと前から、考えていた。こんなんじゃ……こんなんじゃ、君を不幸にするばかりだってね」

夫が、苛立《いらだ》たしげに丸めたウエットティッシュをテーブルに叩きつけた。


——僕なら、あなたを幸せにできる。


あの言葉が、夫の口から出たものならば……。

「そう思うなら、幸せにしてくれたらいいじゃない。僕を信じてついてこい。なぜ、そう言ってくれないの？　なぜ、逃げるの？　それじゃ、モジャと同じじゃない」

月菜は、胸のうちにつかえていたものを一気に吐き出した。

「ごめん。僕には、どうしていいのか……」

「彼……克麻君は言ってくれたわ。私を、幸せにしてくれるって。彼はそう言ってくれるのに、あなたは言ってくれないの？」

心の叫び……月菜は、涙声で訴えた。

その瞬間、夫の表情が止まった。

ちょうど、絵画や写真の中の人間のように……。

自分の言葉に、驚きを隠せなかった。しかし、後悔はなかった。

本当のこと。ほかの誰でもない、月菜が幸せにしてほしいと望むのは、夫しかいない。

ラップで指先を包み、夫がコーヒーカップを口もとに運んだ。手もとが震え、大きく波打ったコーヒーがカップから零れた。

夫は慌てておしぼりでテーブルのコーヒーを吸い取り、おしぼりを握った掌をウエットティッシュで拭った。

そんな夫をみているのが痛々しく、そして哀しく、月菜は眼を逸らした。

「彼がそう言うなら、大丈夫なんじゃないかな」

絞り出すような夫の声に、月菜は弾かれたように顔を上げた。

「それ……本気で言ってるの？」

「少なくとも、こんな僕といるよりはね」

足もとに大きく黒い穴が開き、地中に吸い込まれるような錯覚に襲われた。

「そして、あなたは……彼女といるほうがいいのね？」

喘ぐように、月菜は訊ねた。

「月ちゃん。僕が、君に愉しい思い出を残せたのは、結婚した最初の一年間だけだったと思う。でも、その一年間の『貯金』は、もう、とっくに使い果たしてしまっている。このまま一緒にいても、『借金』ばかりが増えてお互いを傷つけ合う結果になると思うんだ。いまみたいにね」

夫が、力なく呟き肩を落とした。

「その『借金』を、ふたりで返して……」

言いかけて、月菜は思い直した。

肝心な部分を、見落としていた。

夫は、その双眼《そうがん》に妻がほかの男と抱き合い、口づけをしている現場を焼きつけているのだ。

傷つき、弱気になっても仕方のないことだ。

月ちゃん。夫が優しく呼びかけ、上着のポケットから取り出した封筒を月菜の前に置いた。

月菜は、ガラス玉のような無機質な瞳で、薄緑色をした封筒をみつめた。

「サインをしたら、携帯に電話をほしい。僕が、提出してくるから」

じゃあ……。

目の前から伝票と、そして、テーブルに置かれた指輪が消えた。

月菜は固まったまま、残された夫のコーヒーに虚ろな視線を投げた。

◇　◇

夫が店を出て行ったあと、月菜は微動だにせずに、同じ姿勢のまま封筒をみつめていた。

封を開けた途端に、ふたりで築いてきた八年間の日々が水泡のように消えてしまいそうで怖かった。

しかし、現実から眼を逸らし続けるわけにはいかない。

彼は、決意した。悩み、苦しみながらも、新しい道に一歩を踏み出した。

その道を、一緒に歩くのは自分ではなかった。

窓の外では、相変わらず若者達が何事もなかったように大騒ぎをしている。

月菜は、恐る恐る、封筒に指を忍ばせた。

この期《ご》に及んでも、微かな期待を捨て切れない自分がいた。

中身は、予想通り、離婚届だった。

視線を、書類の上に走らせる。署名欄に記入された名前をみて、月菜は軽い眩暈に襲われた。

無意識に、携帯電話を手にしていた。ひとりでに指先が、メモリボタンの上を彷徨い、ある番号を呼び出した。

『どちら様ですか？』

はい、榎です。自分からかけていながら、月菜は声を出すことを躊躇った。

やはり、だめだ。いまの精神状態で、克麻と話すことはできない。

通話ボタンを切ろうとしたときに、不意に、彼が言った。

『待ってました』

電話は非通知でかけているので、克麻の携帯電話の液晶ディスプレイに月菜の番号が出ているはずはなかった。

『やっぱり、月菜さんですね？』

「ごめんなさい。この前、あんなひどいことを言っていながら、電話なんてかけちゃって……」

『僕、あれから考えたんです。旦那さんの代わりでもいいってね』

「え……」

『来週から、パリに住んでいる知り合いのところで働くんです。月菜さん。僕と、一緒にきてくれませんか？』

克麻の言葉に、月菜の思考が止まった。

『彼も〝少数派〟の人間で、日本に居場所がなくなってパリに逃げ出したくちです。飲食店の皿洗い、清掃、肉体労働……。言葉の通じない異国で、人脈も金もない東洋人がありつける仕事はかぎられてます。でも、彼にはガッツがあった。まずはフランス語を勉強し、交友関係を広げ……一歩一歩、着実にステップアップしていって、いまでは、和食店の店長ですよ。もともと、料理人だったんですよ、彼は。僕がアルバイトしていた店で、三ヵ月くらい一緒に働いていたんです。あ、言っておきますけど、僕と彼はおかしな関係じゃありませんからね。〝多数派〟の人達と同じで、相手は誰でもいいというわけじゃないんです』

彼の屈託のない笑い声が、受話口から流れてくる。

「私に……どうしろと？」

携帯電話を握る手が汗ばんでいた。

『常識って名前の息苦しい国から、一緒に逃げましょうよ。なにもかも置き去りにして、一からやり直せばいい。月菜さんは、まだ若いんだし、舞台から降りるのはもったいないですよ』

なにもかも、置き去りに……。

克麻の言葉に、惹かれている自分がいた。

「そんなこと……無理よ」

彼に、というより、自分自身に言い聞かせた。

『どうして、無理なんですか？　主婦だから？　ご主人を愛しているから？』

克麻の問いかけに、答えることができなかった。

もちろん、それらは、すべてを置き去りにできない理由のひとつだった。

『それとも……僕のことがきらいですか？』

「そうじゃない……」

『だったら、なぜです？　躊躇う理由があるとすれば、子供だけでしょう？　でも、あなたには子供がいない』

「ちょっと、待って。理屈じゃないの。私が、なにもかも捨てて、あなたとパリに行けるわけないじゃない。そんなことをしたら……」

『ご主人に申し訳ない、ですか？　僕は、世界中のすべての人々を置き去りにしても、あなただけは独りにしない。きっと、幸せにしてみせます』

克麻に引き寄せられてゆく自分の心を覗き込む。

自分はいまも、榎克麻を水島良城の「代役」としてみているのか？

それとも、ひとりの男として……正直、わからなくなった。

「ありがとう。だけど、やっぱり無理だよ」

ひとつだけわかっていることは、克麻にたいしての想いに、現実逃避の気持ちが含まれているということだった。

『いま、どこですか？』

「え……？」

『月菜さんのいる場所ですよ』

「原宿の『オラトリオ』って喫茶店だけど……」

『そっちに行きますから』

「困るわ……」

『二、三十分で着きます。僕が行くまで、待っててください』

「あ、克麻……」

月菜は、沈黙する無機質な携帯電話を呆然とみつめた。

席を立って、帰れば済むだけの話。

心とは裏腹に、月菜は手を上げウェイターを呼んだ。

「同じものをください」

月菜は、空になったシナモンティーのカップを指差した。

もう、これ以上、克麻を振り回したくはない。

そして、月菜もあとへは引き返せなかった。

# 18

「で、彼は、振り返った女の人の頬に無精髭《ぶしょうひげ》が生えているのをみて、こう言ったそうです。肩に、ゴミがついてましたよ、って。たとえ『彼』の肩に本当にゴミがついていたとしても、深夜の繁華街でわざわざ追いかけて教えたりしませんよね」

ハンドルを片手で操る克麻が思い出し笑いをしているのは、昔、彼の後輩がナンパしようとした相手がニューハーフだったという話だった。

月菜は口もとだけで薄く微笑み、窓の外の移ろいゆく景色に虚ろな眼をやった。

克麻の車は、彼の家に向かっている。

――さあ、行きましょう。僕のマンション、ここから車で十五分くらいのところなんです。

「オラトリオ」に現れた彼は、席にも着かずに、月菜の手を取り急ぎ足で店を出た。用意していたどんな言葉を口にする間もなく、一分後には、車の中にいた。彼なりの、心遣いだったのだと思う。克麻が席に着いて会話が始まれば、月菜はまた、あれやこれやと思い悩み、踏ん切りがつかなかったことだろう。

これで、よかったのかもしれない。

踏ん切りなんて、いくら悩んでも……時間《とき》が流れても、つくことはないのだから。ならば、誰かに背を押してもらうしかなかった。それが、克麻だっただけの話だ。

「つまらなかったです？」

克麻が訊ねてくる。

「ううん。そんなことないわ。ちょっと、考え事をしてただけ」

「アロアはね、自分のことを人間だと思っていたんですよ」

「え？」

月菜は、ビデオの早送りのように流れてゆく街路樹から視線を克麻の横顔に移した。

「僕が学生時代に飼っていた犬で、雌のシェルティーのことです。彼女は、まだ眼も開いていない赤ん坊のときに、家の近くの公園に捨てられていたんですよ」

「まあ、ひどい人がいるものね」

「本当ですよ。捨てられてすぐに僕が発見したからよかったようなものの、あと何時間か遅かったら、死んでいたでしょうね。でも、家に連れ帰ってからがまた大変でした。哺《ほ》乳《にゅう》瓶でミルクをあげようとしたんですが全然飲んでくれなくて、スポイトにしたり脱脂綿に含ませたり、いろいろやってみたんですが、どれも、だめでした。で、困り果てているときに、偶然に指先についたミルクをアロアが舐めたんですよ」

当時のことを思い出しているのだろう、克麻が眼を細め、口もとを綻ばせた。

「哺乳瓶よりもスポイトよりも、体温を感じられる指先は、母犬の乳首に感触が似ていたんでしょうね。なにはともあれ、アロアは元気に育ちました。でも、眼が開いたときに最初にみたのが僕だったせいか、彼女は、自分を人間だと思ったようなんです。鏡をみせたら、自分の姿に驚いて吠えて……おかしいと、思いません？」

克麻は、いったい、なにが言いたいのだろうか？

月菜には、皆目見当《かいもく》がつかなかった。

「公園に散歩に連れて行っても、ほかの犬を無視して僕にべったりで、全然、興味を示さなくて。僕は、そんなアロアが嬉しかったけど、ある日、同じシェルティーを連れていた男の人に言われたんです。君の犬は不幸だな、って」

「不幸？」

「そう。僕、最初は、なにを言ってるんだろうこの人は、って思いました。少しだけ、腹も立ちました。だって、僕の眼からみても、アロアはとっても幸せそうだったから。でも、公園でじゃれ合い、駆け回っているほかの犬達をみてると、その人が言いたかったことがわかったんです。やっぱり、人間も動物も、本来あるべき姿でいることが一番、幸せなんだなって」

月菜は、なんとなくだが、克麻のいわんとしていることがわかった。

「あなたとアロアは、よく似ています。いまの環境が、自分にとって最高なものだと信じている。別の世界こそが本来あなたの住むべき場所かもしれないのに、少しも疑おうとしない。月菜さん。アロアは踏み出しましたよ。最初は、不安がって、怖がっていたけれど、自分のあるべき姿を取り戻しました」

「あの人と一緒にいる私は、本来、あるべき姿じゃなかったと言いたいの？」

彼の横顔が、小さく縦に揺れた。

「どうして、そう言い切れるの？」

「月菜さんが、哀しそうだからですよ」

「そんなの、おかしいわ。どこで誰と暮らしても、人間なんだから哀しんだり、苦しんだりするわよ」

克麻に、というよりも自分に向けた言葉だった。

「そうかもしれない。でも、少なくとも、あるべき姿でいれば、哀しんでも苦しんでも、寂しくはなりません。違いますか？」

心を見透かしたように、彼が言った。

月菜は無言で俯いた。

哀しんでも苦しんでも、寂しくはならない……。

月菜は、克麻の言葉を嚙み締めた。


――僕が、君に愉しい思い出を残せたのは、結婚した最初の一年間だけだったと思う。

夫からそう言われたときに、月菜の胸には哀しみよりも寂しさが募った。

「あなたとパリに行けば、問題は解決するとでも？　その、アロアという犬のように、環境に馴染んであるべき姿に戻れるとでも？」

ぶつけようのない苛立ちに、ついつい咎める口調になってしまう。

「正直、すぐには無理だと思います。しばらくの間は、いま以上に苦しむことでしょう。でも、それを乗り越えれば、月菜さんの目の前には新しい道が拓《ひら》けます」

「あなたって、よくわからない人ね。とても繊細で傷つきやすくみえるのに、自信家で、大胆で……。どっちが、本当の克麻君なの？」

ガラスの脆《もろ》さと鉄の強さを持った青年。不思議だった。これまでの人生で、彼のようなタイプに出会ったことはなかった。

克麻がハンドルを右に切り、車を路肩に停めた。

「僕は、自信家でも大胆でもありませんよ。ただ、ご主人よりもあなたにたいしての想いが強いという自信はあります。愛してるから身を引く。相手のためを思って別れる。ドラマなんかで、よくそういうのありますよね？　でも、そんなの僕には納得できない。愛してるなら、抱き締めてあげればいいじゃないですか？　愛する人が不幸ならば、幸せにしてあげればいいじゃないですか？」

克麻が、珍しく語気を強めて言った。

「でも、その相手が、どうして私なのかが、わからないわ」

「この前も言ったでしょう？　あなたは、〝少数派〟の僕が初めて愛した女性なんです。初恋に、理屈はいりません」

「そして初恋は、多くの場合、儚《はかな》く散るものよ」

「僕のは、人生経験を積んだ上での初恋ですから。にきび顔の少年とは違います。さ、マンションまでもうすぐですから、行きましょう」

彼は口もとに弧を描き、アクセルを踏んだ。

◇　◇

「どうぞ、入ってください」

通されたのは、十畳ほどのフローリング張りの洋間だった。

小型の液晶テレビにミニコンポ、ベッドにクッションソファにガラステーブル……克麻の部屋は、驚くほどに生活感が希薄だった。

「もう、パリに荷物を送ったの？」

「いいえ。もともとなんです。物に囲まれていると、息苦しくなっちゃって。こうみえても、結構、自然派なんですよ。リュックひとつ背負ってふらりと野宿なんてことも、珍しくないんです」

すっきりとした空間に巡らせていた視線が、ベッドで止まった。

清潔なブルーのベッドシーツに、鼓動が高鳴った。

「僕は、ソファで寝ますから」

月菜の鼓動の高鳴りを感じ取ったように、克麻が言った。

「そんな、悪いわ。あなたの部屋なのに……」

「これからは、ふたりの部屋ですよ。パリに行くまでの僅かな間ですけどね。どうぞ、座ってってください。コーヒーも紅茶も切らしてるんで、いま、コンビニで買ってきますから」

克麻がにっこりと微笑む。最初に会ったときに比べて、ずいぶんと明るくなったような気がした。

もし、自分が原因なら……悪い気は、しなかった。

「気を遣わないで」

「どうせ、ほかにも買う物があるんです。適当に、くつろいでてください」

彼の姿が消えるのを見届けた月菜は、携帯電話を取り出した。

『月菜？』

三回目のコール音が途切れ、喧騒《けんそう》に交じって早智子の声が流れてくる。

「あ、ごめん。いま、移動中だった？」

『大丈夫。遅い昼食を摂りに出ただけだから。それより、どうかしたの？　こんな時間にかけてくるなんて、珍しいじゃない』

「私、あなたの言うとおりにしようと思って……」

『え？　なんのこと？』

「来週から、克麻君とパリに行くの」

早智子に宣言することで、迷いを振り切った。後戻りできないよう、自分を追い込んだ。

嘘！　本当に!?　早智子の素頓狂な声が携帯電話のボディを震わせた。

早智子が驚くのも、無理はなかった。月菜自身も、まさか一ヵ月前には、夫に離婚届を渡され、ほかの男性とこういうふうになるとは夢にも思っていなかった。

『それって、どういう心境の変化よ？』

「よし君に、離婚届を渡されたの」

『えっ、離婚届を？　克麻君との、あのことが原因なの？』

「違うわ。自分が、許せないんだって」

『自分が許せないって……それが、どうして離婚の原因になるのよ？』

受話器の向こう側で、早智子が眉《まゆ》をひそめる顔が眼に浮かぶ。

「私を幸せにできないって……彼、自分の病気のことで、自信を失っていたわ」

『呆れた男ね。それって、結局、逃げじゃない』

克麻も、同じようなことを言っていた。

「そんなふうに言わないで。よし君は、自分のことよりも相手のことを考える人なの」

昔から、そうだった。

食べ物が最後の一個になったとき、自分の大好物でも必ず譲ってくれる。

原稿の締切りに追われて時間がないときも、相手の予定を優先してくれる。

それが、水島良城という人間だった。

『女ってさ、いつもいつも自分勝手な男じゃいやになるけど、ときには、相手の思いなんて無視して強引に行動してほしいときがあるじゃない？』

「オラトリオ」で、克麻は席にも座らずに月菜の手を引き店を出た。

あのとき、精神的に救われたのは事実だった。早智子が言うように、女はすべてを委《ゆだ》ねたいときがあるものだ。

「じゃあ、落ち着いたら、連絡先を教えるから」

『月菜。頑張りなよ。この選択は、絶対に間違ってないから。で、出発日はいつなの？』

「詳しいことは、まだ、なにも聞いてないわ」

『そう。決まったら教えて。親友の偉大なる第一歩を、見送りに行くから』

罪悪感なんて感じなくてもいいからね。自信を持って。

ありがとう。

通話ボタンを切り、月菜はバッグから封筒を取り出した。

離婚届を広げ、ボールペンを手に取った。署名欄の上で、躊躇う指先が悴んだように震えた。

月菜はボールペンをテーブルに置き、ソファに背を預け大きくため息を吐いた。

ガラステーブルの下のラックに眼をやった。飲食店関係の本に交じった一冊の本……『空をしらないモジャ』に、無意識に手が伸びる。

「どうしてモジャがわるいの？　モジャは、わたしのたいせつなひなをたすけてくれたのに」

「それは、ぼくがそらをしらないからです」

モジャはそれだけいいのこすと、おかあさんスズメとひなにわかれをつげ、たびにでました。

文字が、涙で霞んだ。月菜は胸に『モジャ』を抱き締め、嗚咽を漏らした。

肩に誰かの手が触れた。振り返った視線の先……ぼやけた視界に、克麻のつらそうな顔が浮かぶ。

「泣かないで。雛は、僕が抱き上げますから……」

月菜の隣に座った克麻の顔がゆっくりと近づいてくる。この前のときとは違い、避ける余裕はいくらでもあった。

眼を閉じた。ひんやりとした唇の感触が、月菜の思考を止めた。

彼の腕が月菜を引き寄せ、腰と腰が密着した。伸ばした腕を、克麻の首に絡めた。

腰だけではなく上半身も密着し、ふたつのシルエットがひとつになる。

克麻がそっと唇を吸ってくる。月菜も恐る恐る彼の唇を吸い返す。

背骨が痺《しび》れたようになり、足に力が入らなくなった。崩れ落ちそうになる月菜の躰を克麻の腕が支えた。

力強く、けれど繊細な彼の腕の中で月菜は海面に浮く海草のようにゆらゆらと漂った。

克麻の指先が頬を滑り、唇がうなじに触れた。腰に回されていた手が背筋を優しく撫で、唇が鎖骨に押し当てられる。

月菜は十指を彼の髪の毛に埋《うず》め、背を弓なりに反《そ》らせた。薄く開いた唇から零れる熱い吐息……表皮が火照り、足もとが羽毛の上に立っているように頼りなくなる。

眼を閉じた。現実と非現実のボーダーラインが曖昧になってゆく。

——月ちゃん。

声がした。夫が優しく細めた眼で月菜をみつめる。

——もう、大丈夫だから。

眼差しとは対照的な強引さで、月菜を抱き締めたままソファへと押し倒した。肌に伝わる体温……胸に伝わる鼓動。いま、月菜は生身の夫を体感している。七年間、写真の中の夫と暮らしていた。触れ合うことも、息遣いを感じることもなかった。

それも、過去の話。月菜を組み敷いた夫の吐息が耳もとをくすぐり、掌が露になった乳房を覆う。唇が肌に押しつけられ、もう片方の手が下着にかかる。

夫に抱かれている。躊躇うことなく、強く、きつく。感激に胸が打ち震え、涙が溢れ出した。

「月菜さん」

滲む視界に映るのは、夫ではなく、克麻だった。

幻をみたわけではないことは、最初からわかっていた。

いま、自分を「愛して」くれているのが、夫だと思い込もうとしていた。

月菜はもう、夢や幻でさえ夫と愛し合えないということを知っていた。

「また、ご主人のことを考えていたんですね？」

「ごめんなさい……」

「謝ることなんてありませんよ。ご主人の代わりでもいいと、言ったでしょう？」

「でも、それじゃあなたに……」

克麻の指が、月菜の唇をそっと塞いだ。

「急がないでください。ご主人は月菜さんの心の中で生きることはできても、あなたのそばにこうして一緒にいることはできない。ご主人は月菜さんの記憶を支配することはできても、あなたを支えることはできない。月菜さんの眼が僕に向くまで、いつまでも待つつもりです。もし、このままずっと眼を向けてもらえなくても、僕の気持ちは変わりません」

「克麻……」

月菜は、掌で唇を押さえ嗚咽に咽《むせ》んだ。

この涙は、夫のために流したものではなかった。

「今夜は、このまま眠りましょう」

月菜は頷き、彼の腕の中で激しくしゃくり上げた。

# 19

躰が揺れた。

誰かの声がし、
小鳥の囀《さえず》りに交じって、
月菜さん。

月菜さん。

また、躰が揺れた。

薄く開けた眼に、ブラインドの隙間から射し込む柔らかな朝陽に染まった克麻の微笑みが飛び込んできた。

目覚めきっていない思考が、数秒遅れで克麻の部屋に泊まったことを伝えた。

「あ、私……」

慌てて身を起こす。ベッドの上。たしか、昨夜はソファで寝たはずだった。

そして、月菜の横にいたのは……。

視線を躰に移した。はだけていたブラウスのボタンが元通りにかかっていた。

「大丈夫ですよ、変なことはしていませんから。それより、月菜さんを運ぶときに両腕が折れちゃうかと思いましたよ」

克麻が、冗談めかした口調で言った。

「まあ。そんなに重くないわ」

月菜は彼を軽く睨みつける。

「顔を洗ったら、朝ご飯にしましょう」

「これ、全部あなたが作ったの⁉」

フレンチトースト、オニオンスープ、クレソンとブロッコリーのサラダ、プレーンオムレツ、シリアル、ご飯、鰺《あじ》の開き、焼き海苔《のり》、大根のみそ汁、グレープフルーツジュース、ロイヤルミルクティー、日本茶。

昨晩、克麻と添い寝したソファの前のガラステーブルを埋め尽くす品々をみて、月菜は驚きの声をあげた。

「ええ。これでも一応、料理人の端《はし》くれですから。といっても、一品一品は誰でも作れるような簡単なものばかりですけどね」

「それにしても、凄いわ。でも、和食も洋食もだなんて……こんなに食べたら、お腹がパンクしちゃう」

「月菜さんの好きな食べ物がわからなくて、いろいろと作っちゃいました」

屈託なく答える克麻が、いじらしく思えた。

「訊いてくれればよかったのに。私、好き嫌いはほとんどないの」

「水島月菜。三十三歳。人妻。渋谷で児童書専門店経営。考えてみれば、僕、月菜さんのプロフィールって、これくらいしか知らないんですよね。でも、データ以外の月菜さんのことは知っているつもりです。美しくて、チャーミングで、照れ屋で、優しくて、すぐに自分のことを責めて……ね？」

「褒め過ぎよ」

月菜は俯き、頬を赤らめた。

「ほら、照れてる」

「もう、年上をからかわないの。そんなこと言えば、私だって同じよ。榎克麻。二十八歳。恋人と別れてもっかのところ独身。数日前までバーで働き、来週からはパリの和食専門店に勤める。あなたが私について知っているデータと、いい勝負でしょう？」

朝食が並ぶ食卓を前に、明るく和やかな空気が流れていた。

まるで、ずっと前から一緒に住んでいる恋人同士の空間のように。

「そうですね。じゃあ、僕のプロフィール以外のことは？」

克麻が、それまでとは対照的な真剣な顔で訊ねた。

「強引で、大胆で、強気で、でも、とても傷つきやすくて、年下なんだけど私より大人で、包容力があって……」

「そして、あなたのことを誰よりも想っている」

あまりにもまっすぐで純粋な彼の瞳から、堪らず視線を逸らした。

克麻をみていると、自己嫌悪に陥ってしまう。

こんなに優柔不断な女性を、少しも心揺らすことなく想ってくれている。

いまだに夫のことを忘れられない月菜のことを、全力で愛してくれている。

「ありがとう。私、顔を洗ってくるわ」

月菜は、逃げるようにリビングを出た。

克麻という名の透き通った湖の水は、月菜が住むには澄み渡り過ぎていた。

◇　◇

「当面は、カルチェ・ラタンにある彼の友人名義になっているアパートメントを貸してもらうことになっています。とても、環境のいい場所ですよ。その友人は、いま、オーストラリアに長期出張に出ているんですよ。僕の通う和食料理店まで、歩いて五分くらいで、近くにスーパーやＤＶＤのレンタルショップもありますし、便利なところですよ」

克麻が、セロリを小気味いい音を立てて齧《かじ》りながら言った。

「本当に、フランス語を喋れなくても大丈夫?」

「たいていのことは、身振り手振りで通じますから。フランス人って、プライドが高いとかなんとか言われてますけど、案外、気さくで親切な人が多いですよ」

はい、どうぞ。彼が、クレソンのサラダをボウルからガラス皿に移し月菜に差し出した。

ありがとう。サラダを掬ったフォークを口もとに運ぶ。ドレッシングのものだろうレモンの風味が口内に広がった。

オペラ座、ルーブル美術館、エッフェル塔、凱旋門《がいせんもん》……パリには、大学の卒業旅行のときに一度行ったことがあった。

もちろん、ガイドブックを片手に回った旅行が今回の参考になるとは思えなかった。

もっとも、夫以外の男性と海外で暮らすことについて参考になる体験など、あるわけがなかった。

一日経ったいまでも、夢をみているのではないかと錯覚しそうになる。

パリ行きのことだけではなく、ここでこうやって克麻と向かい合って座っていることも、ふたり同じ部屋で夜を明かしたことも、ともに朝食を摂っていることも……。

「月菜さん。僕は、あなたをパリに連れて行くことで、ひとつだけ心残りがあるんです」

克麻が沈んだ声で言った。

「なにかしら？」

「『夢の扉』です。パリに住むことになれば、本屋さんを続けられなくなるじゃないですか？」

「ああ、そういえば、そうだったわね」

惚けたわけでも、克麻に気を遣わせないようにしたわけでもない。

いろいろなことがあり過ぎて、「夢の扉」のことはすっかり頭から抜け落ちていた。

それに、あの店は夫と出会い、みずしまよしきの本を売っていた場所……あまりにも、思い出が多過ぎた。

早智子の勤める法律事務所に頼み、売りに出すつもりだった。

父から譲り受けた店を手放すのは心苦しかったが、夫と別れてからも彼の面影や匂いがそこここに色濃く残る店を続けることは、とてもできそうになかった。

「もともと、続けるつもりはなかったから。私とよし君の出会いの場所なの」

月菜は、努めて明るい口調を心がけた。

もう、吹っ切れたから、とでもいうように。

冥《くら》く翳った彼の瞳が、口調とは裏腹な暗鬱に曇る月菜の心を見抜いたことを証明していた。

沈黙を破るインタホンのベルが、重苦しい空気を振り払う。

「あ、私、出てくるから。一緒に住むんだから、いいでしょ？」

月菜は、腰を上げかけた彼より先に立ち上がり言った。

嬉しそうに口もとを綻ばせて頷いた克麻の瞳からは、翳りが消えていた。

夫への想いを完全に断ち切れない以上、月菜にできることは、せめて彼を哀しませないことだった。

「はい。榎です」

インタホンの受話器を取る。榎、と名乗った瞬間、自分が深い罪を犯している気分に囚われた。

『レインボー急便ですが、お荷物をお届けに参りました』

「いま、行きます」

荷物が届いたみたいよ。

玄関に向かいながら、振り返る。

「『フリータイム』のロッカーにあった僕の荷物だと思います。店長が、顔もみたくないから宅配便で送ると言ってましたから」

「そう。じゃあ、受け取ってくるわね」

すみません。彼の声を背に、玄関に向かった。

ドアを開ける。ふたたび罪悪感に駆られながら伝票の受領欄にサインをし、みかん箱サイズの段ボール箱を受け取った。

衣類関係なのだろうか、箱は、みかけによらず軽かった。

「ありがとうござ……」

配達員にボールペンを返そうと顔を上げた月菜は、表情を失った。

「月ちゃん……本当に、ここにいたんだね」

配達員の背後に、月菜以上に顔を強張らせた夫が立ち尽くしていた。

# 20

「いや……離婚届をどうしようかと思って、早智子さんに電話をかけたら榎君という男性の家にいるって聞いたものだから」

夫が、なにか疚しいことでもしているかのような遠慮がちな口調で言った。

夫が妻の行方を訊ねるのに、なにも疚しく思う必要などないというのに……。

「どうして、ここが？」

ようやく、質問をすることができた。

早智子には、克麻の部屋に行っていることは話していたが、彼女はこのマンションの住所を知らない。

「『フリータイム』ってお店に訊けばわかるって彼女が言ってたから」

「そう」

月菜は俯き、呟くように言った。

夫が、離婚届のことで妻を捜し回っていたのではないということはわかった。

胸の裏側が熱くなる。なにか、言葉をかけなければならない。

一緒に暮らしているときは、会話に困ることはなかった。

毎日、決まった時間に現れては立ち読みだけで帰る親子連れのこと、近所の家のブルドッグに子供が生まれたこと、朝起きたら体重が百キロになっていた夢をみたこと、昼食で食べた明太子のパスタがとても辛かったこと、バルコニーの鉄柵に朝いつもくるスズメが今日は顔をみせなかったこと……いつもなら、会話がないどころか、喋っても喋っても話題が尽きることはないというのに、いまにかぎっては、たった一行のセリフさえも思い浮かばなかった。

不意に、キスされたときとは違う。自棄《やけ》になって、克麻に迫ったときとも違う。

昨晩は、克麻をひとりの男性として受け入れようとした。彼が月菜を気遣わなければ、あのまま一線を超えていたことだろう。

「あの……月ちゃん」

「え？」

言い淀む夫の言葉を期待する自分がいた。

なにを、期待するというのだろう。

昨日までは、引き返せる道がみえていた。

でも、いまは、そこにあったはずの道は深い藪に閉ざされていた。

「なに？」

月菜が顔を上げると、今度は夫が視線を足もとに落とした。

夫の太腿に当てた指先が、ズボンをきつく握り締めた。

そして、震える息を深く吸い込み、月菜をみつめた。

「もし、よければなんだけど……」

「月菜さん。宅配便……」

月菜の肩越しに向けられた夫の視線を追った。

克麻が息を呑み、立ち尽くしていた。

しかし、すぐに微笑み、軽く頭を下げた。

「はじめまして……と言っていいのかどうかわかりませんけれど、榎です」

「あ、水島です」

夫が、額の汗をハンカチで拭いながら強張った会釈を返した。

奇妙な挨拶を交わすふたりの男性に挟まれた月菜は、どうしていいのかわからず、おろおろするしかなかった。

「どうぞ、上がってください」

「いや、僕は……」

「水島さんと、きちんと話をしておきたいんです。あなたも、僕に訊きたいこととかあるでしょう？」

克麻は夫に言うと、月菜をみて小さく頷いた。

彼の仕草の意味は、わかっていた。

夫に、パリ行きの話をするつもりに違いなかった。

「さあ、お上がりください」

躊躇する夫を促すように克麻は廊下に右手を投げると道を譲った。

このシチュエーションが、月菜にはテレビドラマの中の世界のように感じられた。

自分が、「物語」の中心にいるということが信じられなかった。

俯きがちに夫が靴を脱ぎ、用意されているスリッパに足を通さずに素足のまま廊下に上がった。

夫の抱えている問題を知っている克麻が、その行動を取り立てて気にしているふうはなかった。

克麻から少し遅れて夫、そして最後に月菜が続いた。

「どうぞ」

克麻がリビングのドアを開ける。ガラステーブルに並ぶふたりぶんのカップや皿に、夫がちらりと視線を投げるとすぐに顔を逸らした。

「狭いですけど。お座りください」

夫が、つい数分前まで克麻が座っていたソファに腰を下ろした。もちろん、ハンカチを敷くのを忘れずに。

「私がやるから」

克麻が下げようとするティーカップを受け取る月菜に、夫が複雑そうな顔を向けた。

——よし君は座ってて。私がやるから。

汚れ物をシンクに運ぼうとする夫の手から、いつも月菜は食器を奪っていた。

息詰まる空気に耐えられなくてそう言ったものの、すぐに、月菜は自分の取った行動を後悔した。

「コーヒーと紅茶、どちらがいいですか？」

「いや、すぐに帰るから」

月菜は、ふたりのやり取りを背に、リビングとキッチンを往復した。

事情を知らない者がここにいたなら、月菜と克麻を夫婦だと思うに違いない。

夫の複雑な表情が、それを物語っている。

「そうですか。月菜さん。洗い物はいいですから、こちらへきてください」

月菜は、蛇口を捻ろうとした手を止め、リビングへと戻った。

テーブルを挟んで向かい合う、克麻と夫のどちら側に座ろうか迷った末に、フローリングの床に直接腰を下ろした。

「水島さん。このたびはこんなことになってしまい、申し訳ありません。でも、僕は、間違ったことをやったつもりはありませんから」

「たしかに、僕と彼女は揉めているけど……」

夫が、膝の上で重ね合わせた手を何度も神経質に組み替えながら口を開いた。

「……これは、夫婦間の問題なんだ」

「水島さんは、月菜さんに離婚を要求したんでしょう？　なのに、こんなときに夫婦という言葉を持ち出すなんて、フェアじゃないと思います」

「まあ、それはそうだね」

夫があっさりと認めた。

彼が気弱、ということではない。もともと、争い事が苦手な人なのだ。そんな優しい夫のことが、好きだった。しかし、ときには声を荒らげて怒ってほしいときもある。

子供ができないことで義母から責められたときに、守ってくれたあのときのように。

「水島さん。いまあなたが座っているソファで、僕は月菜さんと一夜をともにしました」

唐突な克麻の言葉に、月菜は声を出すこともできなかった。

「え……」

絡め合わせた指先に視線を落としていた夫が、弾かれたように顔を上げて絶句した。

なぜいま、そういうことを言い出すのか、克麻の考えがまったく読めなかった。

「男女がひと晩、同じ屋根の下で過ごしたんです。それが、どういう意味か、わかりますよね？」

「克麻君。いったい、なにを言い出すの……」

「本当のことじゃないですか？　それに、水島さんにも現実を知ってもらったほうがいいと思います」

表情を変えず、淡々とした喋りかたではあったが、克麻が緊張しているだろうことは微妙なイントネーションの乱れでわかった。

——彼は、あなたと旦那のよりを戻そうと、わざとあんなことをしたのよ。

もしかしたら、克麻は、自分や夫と同じくらいに傷ついているのかもしれない、と月菜は思った。

「妻と君のそういう話を聞かされて、僕にどう答えろというんだい？」

夫が、唇を引き結び、あまり記憶にない厳しい顔で言った。

男の人は、女性と違って、つらければつらいほど、その苦しさを胸奥に封じ込めようとする生き物なのかもしれない。

夫は、克麻との関係を完全に誤解している。いや、誤解とは言い切れない。

問題なのは、最後までいったかどうかではなく、一夜を克麻の部屋で過ごしたこと……それだけで、夫の心を切り裂くには十分な行為だった。

「それを、他人《ひと》に訊かなければわかりませんか？」

窺うように夫に向けられた克麻の瞳が、微かに揺れた。

「月ちゃんには、悪いと思っている。だけど、君にそんなことを言う権利はない」

「いえ、言う権利はあります。それは、僕と月菜さんが愛し合っているからです」

克麻のひと言に、夫が凍りついたように顔色を失った。

なんてことを言うの？

思い直し、喉もとまで込み上げた声を呑み込んだ。

違うの？　あなたは彼を好きではないの？　好きでないのなら、どうしてここにいるの？　どうしてパリに行くの？　自分だけ、どっちにも悪く思われたくないの？

頭の中で、自責の声が鳴り響いた。

卑怯《ひきょう》だと思う。つくづく、身勝手な女だと思う。

もし、輪廻転生《りんねてんせい》があったとして、好きな人間に生まれ変われるとしても、二度と水島月菜を選ぶことはないだろう。

「僕達、来週からパリに行きます」

「パリ……？」

「ええ。知り合いがパリに住んでいて……日本では、僕も月菜さんもいろいろあったし」

「月ちゃん……本当なの？」

夫が、青褪めた顔で月菜をみた。

「月菜さんも、了承してくれました」

「君に訊いてるんじゃない。僕は、月ちゃんに……」

「水島さんのほうこそ、そんなことを訊く権利はありませんよ。あなたは、月菜さんから……自分から逃げた。今度は、あなたが逃げられる番です」

すみません、言い過ぎました。

克麻が詫びた。

「いや、いいんだ、君の言うとおりだよ。離婚届を突きつけておきながら、彼女の行動を束縛するだなんて、虫がよすぎるね」

夫が力なく笑い、ソファから腰を上げた。

「もう、帰るんですか？　水島さんのほうから、なにか訊きたいことは？」

あとを追うように、克麻が立ち上がった。

力なく首を横に振った夫が、ドアに向かった。

寂しげな背中が遠ざかる……もう二度と、夫に会えないような気がした。

よし君、よし君、よし君。

心で、何度も呼びかけた。願いが通じたのか、夫が歩を止めた。

月菜が腰を上げ足を踏み出そうとしたそのとき、夫が振り返った。

「ひとつだけ、訊いてもいいかな？」

夫が、余裕なんてひとつもない張り詰めた表情で訊ねてきた。

月菜は小さく頷いた。

「彼と君が、その……愛し合っているというのは、本当のことなのかい？」

束の間、沈黙が流れた。

緊張した面持ちの夫と克麻の視線が頬に突き刺さる。

月菜は震える瞳で夫をみつめ返し、今度は大きく顎を引いた。

夫は眼を閉じ、しばしの間、天を仰いでいた。

何度も声をかけようとしたが、そのたびに思い止まった。

つらくても、苦しくても……ここで声をかけたなら、また、同じ繰り返しになってしまう。

短期間に起こった様々な出来事を通して、ようやく、月菜はあることを悟った。

愛する人と暮らすことと、自分らしく生きることが必ずしもイコールではないということに気づいた。

昔の夫に戻ってほしいと願うのはエゴであり、彼は彼なりに、いまを精一杯生きている。

しかし、この先一緒に暮らして行けば、夫は昔の自分を懸命に取り戻そうとして苦しむだろうし、そんな彼をみて、月菜も苦しくなるだろう。

愛し合っているからこその葛藤が、夫婦生活から潤いを奪い、乾ききった感情に亀裂が入り、自分の意見で傷口を修復しようと焦り、相手にたいしての気遣いを忘れ、些細なことで喧嘩になってしまう。

そのうち、主義主張をぶつけ合うことにも疲れ、錆《さ》びついた歯車が夫婦生活にとって重要な「会話」という名のエンジンを止めてしまう。

冷えきった時間《とき》に身を任せているうちにふと気づき、慌てて温かい言葉をかけても、厚く覆われた氷壁を溶かすことはできず、最後には心まで悴んでしまい、相手を愛していたという記憶さえなくしてしまう。


——僕がそっちの世界に戻れないのなら、いまの世界に止まるしかないんだ。周りが僕と同じ病気の人ばかりなら、誰も傷つくことはない。

愛する人のために……そう信じてやってきた月菜の行為は、夫を幸せにするのではなく不幸にしていたのだった。

「わかった。僕は、潔癖症らしく、潔く身を引こう」

顔を正面に戻した夫が月菜をみつめ、冗談めかして言った。

慣れないダジャレで場を和ませようとしたつもりなのだろうが、夫の声は掠れ、頬の筋肉が硬直していた。

「よし君……」

あなたを、いまでも愛しています。

口には、出さなかった……出せなかった。

「なんだい？」

必死に平静を装おうとする夫をみていると、涙が溢れ出してきそうになる。

「離婚届にサインしたら、連絡するね」

心の奥底に封印した思いとは正反対なセリフが口を衝いた。

「ああ……うん。じゃあ、元気でね」

拍子抜けしたように力のない声を出した夫が、慌てて無邪気な笑みで取り繕い、軽く右手を上げるとリビングをあとにした。

その笑顔に、八年前の彼の笑顔が重なり、光だけをみつめていればよかった若き日の郷愁に駆られた月菜はどうしようもない喪失感に囚われた。

「いいんですか？　ひとりで行かせても」

遠ざかる夫の背中にもう取り戻すことのできない思い出を映していた月菜を、気遣うようにみつめる克麻。

彼の優しさに、甘えてはいけない。

「うん。いいの。彼は、離婚届を取りにきただけだから……」

克麻に、というよりも、自分にそう思い込ませるように呟いた。

「僕のことなら、心配はいりませんよ」

「本当に、大丈夫だって。でなければ、あなたとパリに行くわけないでしょう。あ、そうだ。忘れないうちに、サインしとかなきゃ」

月菜は、食材をメモするとでもいうような気軽な口調で言うとソファに座り、若草色の封筒から離婚届を取り出した。

署名欄の上で、指先が小刻みに震えた。

躊躇を悟られないうちに……気が変わらないうちに、水島月菜、の文字をひと息に書いた。

「これでよし、と」

明るい声音とは裏腹に、月菜の頭の中は深い闇に覆われていた。

完全に、後戻りができなくなってしまった。

離婚。いままでは、他人事《ひとごと》だった。周囲の人間がそのふた文字を口にしても、月菜には実感が湧かず、少なくとも自分には無縁の世界だと思っていた。

こうして署名欄にサインをしたというのに、いまだに、悪い夢でもみているのではないかと錯覚しそうになった。

しかし、これは夢ではなく、現実のこと……八年前は婚姻というふた文字が入っていた同じような用紙に同じようにボールペンを走らせていた瞬間こそが、夢だったのかもしれないと月菜は考えた。

月菜は、蘇りそうになる過去の記憶から意識を逸らし、心を空っぽにした。

そうしなければ、張り詰めた糸が切れて自分を見失ってしまいそうだった。

「月菜さん」

誰かの声が呼びかける。

「月菜さん」

ふたたびの呼びかけに、月菜はゆっくりと声の主に顔を巡らせた。

克麻の指先がそっと月菜の頬を拭う。

「ちょっと、買い物に行ってきます。留守番のほう、よろしく頼みますね」

彼は言い残すと、リビングをあとにした。ガラステーブルの上には、財布が置かれたままだった。

克麻がくれた時間。玄関のドアが閉まる音を合図に、堰《せき》を切ったように涙が溢れ出した。

# 21

海外の童話、日本の童話、絵本、図鑑……月菜は、ジャンル別にわかれた棚の前を感慨深げに回り、まるで、子供の頭をそうするように一冊一冊の背表紙を撫でた。

「夢の扉」に勤め始めて、約十年が経つ。月菜にとって、この店で売られている書籍はどれもみな、子供のようなものだった。

夫が克麻のマンションを訪ねてから、五日が過ぎた。パリ行きは明日。荷造りは、昨日までに済ませていた。

といっても、ふたつのボストンバッグにおさまる程度の数着の衣服と最低限の生活必需品だけなので、二、三時間で終わった。

足りないものは、現地で買い足すつもりだった。克麻にどれだけの貯《たくわ》えがあるのかは知らないが、彼を当てにしなくても月菜にも幾許《いくばく》かの貯金はあった。

先々は、「夢の扉」を売ったお金も入るので、当分は暮らしていける。

お金のことはさておいて、今回の決断は無計画で無鉄砲な行為だと思う。少なくとも、三十を過ぎた人妻の発想ではない。

けれど、いまの月菜には、少々無軌道なくらいのエネルギーが必要だった。

「帳簿関係の整理は終わったわ。あとは、オーナーがみつかったときの諸々《もろもろ》のことだけど……売買代金のほうとかどうする？　あなた、パリに発《た》つの明日だったよね？」

カウンターデスクで、小気味いい音を立てて電卓を弾いていた早智子が、睡眠不足で赤く充血したのだろう眼を擦《こす》りながら訊ねてきた。

パリ行きを決めてからの一週間、「夢の扉」の売買に関する一切の手続きを、早智子が勤める弁護士事務所に委任していた。

オーナー捜し、帳簿や在庫の整理、権利関係の契約書類の作成……古くからの友人ということで、早智子は、連日連夜にわたって一事務員の許容範囲を遥かに超えた業務をやってくれていた。

「うん。任せる……」

心ここに在らず、といった気の抜けた声を月菜は返した。

「任せる……って、なにをどう任せるのよ？　銀行は日本の口座？　それともパリ？」

月菜は、微かに違う色のペンキで塗られている図鑑のコーナーの書棚の横の壁を指先でなぞった。

——すみません。お忙しいときに、こんなこと手伝わせちゃって。

——いいえ。一日中パソコンに向かいっ放しだから、いい気分転換になります。

頬や顎にまでペンキをくっつけた夫が、ぎこちなく動かしていた刷毛を持つ手を止めて、にっこりと笑った。

つき合い始めの頃、五、六歳の男の子が母親の眼を盗んでマジックでした壁の落書きを、彼は一緒になってペンキで塗り直してくれた。

初めはベンジンで落とそうとしていたのだが、かなりおおらかな子供で、立派な象の絵を描かれてしまい、とてもではないが消せるような範囲ではなかった。

大物感たっぷりの男の子の「作品」を、最初に発見したのは夫だった。

——お、坊や、強そうな象さんだね。でもね、壁さんが泣いてるよ。坊やだって、お顔に象さんの絵を描かれるのはいやだろう？　強くて、大きくて、優しい象さんは、誰かを哀しませたりはしないんだよ。だから、坊やも、今度からは画用紙に描こうね。

声を荒らげることもなく、子供にたいしての夫の諭《さと》しかたは、童話作家らしくじつに見事なものだった。

――水島さんは、理想的なパパになれそうですね。

ペンキ塗りが一段落し、お礼にと誘ったフランス料理店で、月菜は感じたままを口にした。

――さあ、どうだろう。自分の子供となると、また、感情が入ったりするでしょうから、いろいろ大変だと思います。でも、常々僕が思っているのは、理想的な父親でいるよりも、たとえそれが世間で非常識と言われていることでも、子供の側に立ってあげられる親でありたいなって。

月菜はその言葉を聞いて、彼らしい、と思った。そして、一生、この人について行く、と心に誓った。

「ねえ、月菜。聞いてるの？」

早智子の声で、現実に引き戻された。

「あ、ああ……なんのことだっけ？」

「もう、月菜ったら。大丈夫？　あなた、後悔してるんじゃないの？」

早智子が椅子の背凭れに深く身を預け、大きく伸びをしながら言った。

「パリに行くと決めたんだから、手放すしかないじゃない。もう、心の整理はついてるわよ」

「私が言ってるのはお店のことじゃなく、旦那のことよ」

椅子から腰を上げた早智子が歩み寄り、窺うように顔を覗き込んできた。

「後悔なんかしてないわ。今日、ここで彼と待ち合わせをしてるの。離婚届を渡すためにね」

月菜は、力なく笑った。

最愛の人と出会った思い出の場所が、別れの場となる。

神様の悪戯のひと言で片づけるには、あまりにも残酷過ぎるシチュエーションだった。

「いいの？　本当に？」

「なによ。いままでは、うるさいくらいによし……夫と別れることを勧めていたくせに、いまさら言うことを変えないで」

よし君、と呼ぶことさえ躊躇うようになってしまった。

「たしかに、私は離婚大いに賛成派よ。克麻君との逃避行を勧めたわ。でも、未練があるのなら、やめたほうがいいわ」

「私のことなら、大丈夫」

「勘違いしないで。あなたのために言ってるんじゃないの。克麻君のためよ。旦那と同じくらいに好きでもだめ。旦那より、何倍も彼のことを愛してるくらいでなければ、パリに行くのはやめなさい。じゃなければ、克麻君も……そしてあなたも、不幸になるだけよ」

珍しく、早智子が真剣な眼差しを向けてきた。

「私は……」

ドアチャイムが月菜の声を遮った。五日前よりも少しやつれたようにみえる夫が、早智子を認めると軽く頭を下げた。

肩に水滴が付着していた。髪の毛もしっとりと濡れている。雨でも、降ってきたのだろうか。

「じゃあ、あとで電話をするから。諸々の打ち合わせは、そのときにしましょう」

早智子が耳もとで囁き、夫に会釈を投げて店をあとにした。

ふたたび、ドアチャイムの音。夫とこうしてふたりきりになるのは、ずいぶんと久し振りのような気がした。

「とりあえず、座ってください」

月菜は、他人にそうするようによそよそしく応接ソファに右手を投げた。

月菜にはわかっていた。ように、ではなく、あと数時間後には、本当の他人になるということが。

「この前は、どうも」

ソファに座るなり、月菜の他人行儀な態度が伝染したように夫がちょこんと頭を下げた。

「私のほうこそ」

月菜もお辞儀を返した。

まるで、話が合わずに気まずい空気が流れるお見合いの席のようだった。

「雨、降ってるんだ」

「うん。急にね」

「タオル持ってくるね」

ハンカチでジャケットの肩口や髪の毛を拭う夫に月菜は言った。

「いや、大丈夫」

とぎれとぎれの会話と夫の遠慮が、いまのふたりの距離感を表していた。

「あの……」

「ねえ……」

ほとんど同時に、口を開いた。

どうぞ。夫が月菜を促した。どんなときでも、夫は月菜を優先してくれた。

「ううん。あなたから先に」

月菜は、逆に夫を促した。

もう、当然のように「優先権」を譲ってもらう関係ではないのだ。

「お店、どうするんだい？」

「売りに出すことにしたの」

夫の瞳が、微かに翳ったようにみえた。

「早智子が、手続きはすべてやってくれるって。彼女、弁護士事務所に勤めてるでしょう。顧問をやっている税理士に任せるみたい。さっきも、その件で帳簿や伝票の整理にきてくれていたの。口では突き放すふうなことばかり言ってるけど、結構、世話焼きなのよね」

夫の心の動揺が伝わり、月菜は堪らず饒舌《じょうぜつ》になる。

「そう」

寂しげに呟き席を立った夫がレジカウンターの前の平台に歩み寄った。

平積みにされている『空をしらないモジャ』を、懐かしそうな眼差しで見下ろしていた。

もちろん、自著が懐かしいはずがない。

羽のないたわしみたいな真っ黒な鳥のイラスト……見慣れている装丁に向けられている彼の視線の先が、なにをみつめているのか月菜にはわかっていた。


――よかったら、どうぞ。


「夢の扉」で働き始めたばかりの頃、平積みの補充をしていた途中になんの気なしに手に取った『空をしらないモジャ』に引き込まれ涙していた月菜の目の前に、不意に、きれいに折り畳まれたハンカチが差し出された。

伏し目がちに怖々とした口調で月菜を気遣う青年は、『モジャ』の著者であり後の夫になるみずしまよしきだった。

——僕、自分の作品を読んでくれている人を、初めてみました。

ハンカチを貸してくれた青年が著者だと知り、月菜は驚きを隠せなかった。

——多分、彼は、自分を許せなかったんじゃないかな。

お母さんスズメと雛に背を向け旅に出たモジャの真意を訊ねる月菜に、夫が答えた言葉だった。

——雛を抱いてあげるべきだと思います。

納得できないことは納得できないと素直に口に出せていた時代の若き日の月菜は、恐れ多くも、原作者にたいして物語の内容について意見した。

——モジャは、雛と仲良くなってしまえば、よけいに哀しませることになると考えたのです。いずれ、雛が飛べるようになったら、モジャも一緒に、と誘うでしょう？　でも、モジャには翼がない。ひとり取り残された彼を空から見下ろす雛は……。

——とても、哀しい気持ちになる。

月菜は、言い淀む夫の言葉の先を口にした。

——そう、モジャは、雛を抱き上げないことが、雛を哀しませないことだと思ったのです。


子供に夢を売る児童書専門店で、「夢」を創造した人物から物語の主人公の気持ちを語って聞かされる。

奇妙で、ロマンティックな出会いだった。

その日をきっかけに夫はたびたび店を訪れるようになり、ふたりは、草花が萌芽《ほうが》し花開くように、自然な流れで結ばれた。

その花は、当時の色彩を失い、空を向いていた花弁は地面をみつめ、微風が吹いただけで舞い落ちそうになっていた。

月菜も、思い出に導かれるように夫の背中に歩み寄った。

夫が振り返り、なにかを訴えるような潤む瞳で月菜をみつめた。

あのときと同じ場所で、同じように佇むふたり。

しかし、八年の歳月が、ふたりの間にあのときはなかった埋めようのない大きな溝を作っていた。

「合同カウンセリングには、もう行ったの？」

月菜は、過去を振り切るように話題を変えた。

「あ、ああ……一昨日、軽井沢のほうにね」

「大丈夫だった？」

「自然と触れ合うっていうテーマで、牧場や高原を回ったんだけど、なんだか、小学生に戻ったような気分だったよ。でも、景色が素晴らしければ素晴らしいほどに、いまの僕にはつらかったな」

夫が、暗鬱な瞳を『モジャ』から月菜に移して言った。

「千春さんも、一緒だったの？」

なにげないふうを装ってさらりと訊いた。

口調とは裏腹に、鼓動が胸の内側を激しく叩いていた。

「うん……」

夫の表情が曇った。

気になったけれど、意識を逸らした。

「君の代わりに……なりたいと言われたよ」

夫が、絞り出すような掠れた声で言った。前振りもなく、唐突に……。

すぐに、意味がわかった。

鼓動の高鳴りに拍車がかかり、口の中がからからになった。足が震え、軽い眩暈に襲われた。

「そう」

月菜は、興味なさそうに言った。

「それだけかい？」

「これから夫に離婚届を渡そうとしている妻に、言えるセリフがあると思って？」

それであなたは、なんて言ったの？

喉もとまで込み上げた言葉を呑み、強張る頬の筋肉を無理やり綻ばせ、唇に弧を描いてみせた。

「そうだね。ほら、ここにくるの久し振りだから、懐かしくて、なんのためにきたのか忘れてしまいそうだったよ」

夫が、無邪気に破顔した。昔と同じ、少年の笑顔。しかし、瞳には昔のような輝きはなかった。

「はい。はやいとこ、貰うものを貰っちゃおう」

そして、明るい口調で言うと、右手を差し出した。

月菜は、カウンターデスクの上に用意していた封筒を手に取り、夫の前に戻ると俯き、小さく息を吸った。

これを渡せば、すべてが終わる……ふたりで築き上げた八年間が、一瞬で、霧のように跡形もなく消え去ってしまう。

「どうぞ……」

伏し目がちに夫をみつめ、腕を前に伸ばした。封筒が小刻みに震えている。

「どうも……」

封筒を受け取るラップが巻かれた夫の指先も震えていた。

ふたりのぎこちない言動は、離婚届をやり取りする夫婦というよりも、ラブレターをそうする思春期の少年少女のようだった。

「じゃあ、僕は、これで……」

「待って」

月菜は背を向けようとした夫を呼び止め、ロッカーを開けた。傘が二本。そのうちの一本を手に取り、夫のもとへ戻った。

「雨降ってるんでしょう？　傘が一本しかないから、駅まで送って行くわ」

「いや、大丈夫だよ。駅までは近いから」

「なら、いいけど」

落胆が表情に出ないように気をつけ、あっさりと言った。

ありがとう。

夫がドアを開けると、激しい雨音が店内に流れ込んできた。すっかり陽の落ちた外は雨のカーテンに覆われ、数メートル先も見通せないほどにどしゃぶり状態だった。

「やっぱり、送ってもらおうかな」

夫が振り返り、バツが悪そうに言った。

駅までの道程《みちのり》を、ひとつの傘の下、寄り添うようにして歩いた。

出会ったばかりの頃は、よくこうやって、相合い傘をしたものだ。

台風並みに風も強く、傘など無意味だというように横殴りの雨が容赦なく顔に叩きつけてきた。あっという間に、全身がずぶ濡れになった。

まるで、月菜と夫の行く末を暗示しているかのような悪天候だった。

ふたりは無言で、歩を進めた。それは、たとえ暴風雨ではなく、星々が空を埋め尽くす夜道を歩いていても同じだったことだろう。

「あ……」

駅へと続く陸橋の階段に足をかけた月菜は、強風に煽《あお》られた傘に引き摺られバランスを崩しよろめいた。その拍子にローヒールが脱げ、空き缶のように水浸しのアスファルトを転がった。

「待ってて」

言い残し、夫が傘から飛び出しローヒールを追った。風に転がされ続けていたローヒールが、窪《くぼ》みに溜まった水溜まりに沈んだ。

歩を止めた夫が、凍りついた顔で水溜まりに視線を落としている。

「よし君、いいのよ。私が取るから」

月菜は片足跳びをしながら、夫に呼びかけた。雨風の音で掻き消され、月菜の声は届いていないのかもしれない。

拳を握り締め、何度も大きく深呼吸をする夫。

「よし君、本当にいいんだって……」

その瞬間、月菜は我が目を疑った。

夫が激しい飛沫を上げるアスファルトに四つん這いになり、薄茶色に濁《にご》った雨水の中に右手を突っ込んだ。そして、拾い上げたローヒールを逆さにして溜まった水を捨てると、ハンカチを捩じ入れて水分を吸い取った。

あんなに不衛生な水溜まりの中に……。

月菜の肌は粟立ち、胸が苦しいほどに締めつけられた。

「僕も……やれば、できるだろう？　はい」

夫が青褪めた顔を綻ばせ、ローヒールを月菜の足もとに置いた。衣服に掌を擦《こす》りつける彼の唇は白っぽく変色し、全身がぶるぶると震えていた。

もちろん、雨に打たれて凍えているからというのが理由ではない。

「よし君、大丈夫……？」

ローヒールに、そっと足を入れた。感極まり、唇がへの字に曲がった。

荒い息を吐き、肩を上下させて立ち上がる夫と視線が絡み合う。

月菜は嗚咽を漏らしつつ、滝に打たれたようにびしょ濡れになった夫に傘を差し出した。

「ごめんなさい……私が……私が……」

しゃくりあげる声が、アスファルトに打ちつける雨音に溶け込んだ。夫は喘ぐように苦しげな呼吸を繰り返しながらも、月菜を労るように優しく眼を細め何度も頷いた。

裏切られたような格好で離婚することになったというのに、妻を責めるどころか、最後まで見守ってくれようとしている。

互いが、互いを瞼の裏に焼きつけるとでもいうように、みつめ合った。

そう、ふたりは感じていた。触れ合うことができなくても、それを補っていけるだけの想いが存在したということを。

そして、時間を巻き戻すには、あまりにも互いを傷つけ合ったということを……。

「僕は、ここからひとりで行くよ。もう、これだけ濡れちゃえば、傘をさしても意味がないからね。じゃあ……今度こそ、本当にさよならだね」

夫が、柔らかな声音で言った。

なにを触るにもラップ越しだった夫にとって、地面に這いつくばり、泥に濁った水溜まりに手を入れるという行為は、気を失いそうなほどの苦痛だったはず……本当はいまも、パニックになっているに違いない。

でも、懸命に平静を装い、月菜を気遣ってくれている。

この七年間、夫はその腕で抱きしめてはくれなかった。

しかし、包容力という力強く大きな愛で、月菜を包んでくれた。

遅い……いまさら気づいても、もう、なにもかもが……。

「月ちゃん。泣かないで。モジャがいなくなったときの雛は、とても強く、前向きだったよ」

月菜は、子供のように声を上げて泣きながら顎を引いた。何度も、何度も……。

「じゃあ、本当に、本当に、本当のさよならだ。元気でね。幸せになるんだよ」

夫が最後にもう一度頷き、踵を返すと雨の中を駆け出した。

「君、どうしてここに？」

夫が歩を止め、陸橋の上で佇む赤い傘をさした女性を見上げた。

「月菜さん。水島さんのことは、私に任せてください。彼を苛んできた苦しみとは、小さい頃からつき合ってきたので対処法はわかっているつもりです」

女性……千春が傘を夫の頭上に差しかけ、月菜の瞳を直視して言った。

人生経験の未熟な若い娘。夢見る王子様の世界に浸る苦労知らずの女のコ。彼女のことを、そんなふうに思っていた。

違った。千春は、自分なんかよりもずっと強く、現実的な女性だった。

彼女なら、夫を支えて行くことができるだろう。

「君、なにを……」

「千春さん。よし君を……いいえ、良城さんを、よろしくお願いします」

月菜は、深々と頭を下げた。びっくりしたように眼を丸くする夫が視界から消えた。

足もとの水溜まりに、雨以外の滴《しずく》が波紋を広げた。

# 22

雨足は、月菜の心を代弁するように激しさを増していた。

横殴りの雨に打たれながら、月菜は重い足取りでマンションのエントランスに向かった。

一匹の野良猫が、弾かれたようにずぶ濡れの躰を車の下に隠した。

闇に光る眼が、怯えたように月菜をみつめていた。

「怖くないから、こっちにおいで」

月菜は腰を屈め、野良猫に両手を差し出した。

雨の中、孤独に震える野良猫をみて、月菜は自分の姿をみているようで妙な親近感を覚えた。

頭を低くし、束の間、月菜を窺うようにしていた野良猫は、興味を失ったように身を翻した。

「ひとりがいいのね？　あなたみたいに、強くなれたら……」

月菜は野良猫の背中に呟き、小さく首を横に振った。

「風邪、ひきますよ」

背後から、声をかけられた。ゆっくりと振り向く。月菜の傘の上に傘を掲げた克麻が、にこやかな表情で佇んでいた。

「凄い雨だから、迎えに行こうと思ってたところなんです。でも、必要なかったみたいですね」

「あ、そうなんだ……ごめん」

月菜は、不自然な笑顔を返した。

「行きましょうか？」

なにも訊かずに、克麻が右手を出した。

今日、月菜が離婚届を渡すために夫に会いに行ったことを彼は知っている。

どんな話をしたのか？

離婚届は渡せたのか？

どんな言葉をかけたのか？　また、かけられたのか？

本当は、顔をみてすぐに訊きたいことは山とあったはず。

でも、克麻がそれらのどの質問も口にすることはなかった。

正直、助かった。

鋭利な銀の針を思わせる冷たい雨が落ちる中、千春とともに遠ざかる夫の背中を見送った月菜は、抜け殻になった。

そう、いまの月菜は、ほんの少しの力で触れられても壊れてしまいそうな不安定な状態だった。

無言で、彼の手を取り腰を上げた。克麻にエスコートされて部屋へと入った。

もともと生活臭を微塵《みじん》も感じさせない無機質な空間からは、僅かな家財道具であったソファやテレビが消えていた。

「これでようやく、旅立てます。出発前日に荷物を発送するだなんて、信じられないでしょう？ よく、小さい頃に怒られました。面倒臭いことをぎりぎりまで先延ばしにしないで、すぐにやる癖をつけなさいって」

がらんとしたリビングの中央で両手を開いていた克麻が、肩を竦めた。

「そんなふうにはみえないけど。どっちかって言えば、冷静に物事を進めるタイプにみえるわ」

言いながら、月菜は自分と克麻のスーツケースが並べて置かれた一角……フローリングの床にじかに座った。

「冷静な男なら、月菜さんにいろんな迷惑をかけていきなりパリに誘ったりしませんよ。こうみえても、僕は不器用な男ですから」

克麻が、月菜の前に胡座《あぐら》をかいて珍しくムキになった。

普段のクールな彼とのギャップに少しだけ驚き、そして、子供みたいでかわいらしい、と思った。

「でも、信じられませんね。明日のこの時間は、僕達、機上の人ですよ」

パリ行きのフライトは午後三時。あと十九時間後には、日本ともさよならだ。

「そうね。パリは久しぶりだから、行きたいところが一杯あり過ぎて困るわ。カフェ巡りや美術館巡りもしたいし、お洋服だっていろんなお店をみて回りたいし……あ、卒業旅行にモンマルトルに行ったときの、かわいいビーズ屋さんはまだあるかしら……って、あるわけないよね」

必要以上に、饒舌な自分がいた。まるで、胸奥の叫びを掻き消すとでもいうように。

「月菜さんが喜んでくれて、僕も嬉しいです」

克麻の瞳に、一瞬、哀しげないろが浮かんだのを月菜は見逃さなかった。

その理由が自分自身にあるということが、月菜にはわかっていた。

「ねえ、パリは、やっぱり寒いの？」

月菜は、そういう瞳にさせてしまった後悔を取り戻すように、身を乗り出して質問した。

「さあ、僕も住んでいたわけじゃないですから。まあ、日本よりは寒さは厳しいでしょうね。でも、友人の話では、フランスも最近では地球の温暖化の影響で、三十度を超える猛暑があたりまえにあるそうです」

「太陽ギラギラの猛暑のパリなんて、なんだか、イメージが狂っちゃうわね。やっぱり、パリは寒々とした灰色の空じゃないと」

感情とは真逆の表情で、月菜は微笑んだ。

精神と肉体が分離していくような苦痛に月菜は襲われた。

「ありがとう」

不意に、克麻が月菜に向き直り、瞳をまっすぐに見据えると信じられないほど素直な口調で言った。

「なにが？」

「パリの天候を気にしている余裕なんて、ないはずなのに」

ふっと、なにげなく言った克麻の言葉が、月菜の心に深く刻み込まれた。

なにからなにまで、見透かされていた。なにからなにまで、気遣ってくれていた。

「ありがとう……」

今度は、月菜が礼を言う番だった。

「これをどうぞ」

克麻が、小さな包みを月菜に手渡した。

「なに？」

「開けてみてもらえますか？」

言われたとおりに、包装紙を開けた。包みの中身は、携帯電話だった。

「これは？」

「僕を月菜さんに引き合わせてくれたのは、この携帯電話なんです」

そう、あの日、克麻が「夢の扉」に携帯電話を忘れていったことが、すべての始まりだった。

それがなければ、ふたりは、ただの店主と客の関係に過ぎなかったのだ。

「なぜ……私に？」

「僕は今日、荷物を持ってホテルに泊まります。パリ行きのフライトは午後三時です。明日、十二時に『夢の扉』で待ち合わせしましょう」

「いったい、どういうこと？」

「『夢の扉』は、僕と月菜さんの出会いの場所です。さっきも言ったように、僕が携帯電話を忘れて、それを受け取りに行ったことから始まっています。パリに行くのをやめるなら、僕に携帯電話を返してください。気持ちが変わらないのなら、そのまま空港に行きましょう。じつを言うと、まだ、月菜さんのチケットは買っていないんです。いまの時期、当日でも、十分に間に合いますからね」

克麻が、彼の名前が打ち込まれた航空券を翳し、片目を瞑ってみせた。

「どうして、急にそんな気になったの？」

月菜は、思わず訊ねていた。

自分の眼が、夫に向いていても構わない。どんなことがあっても、一生、自分のそばから離れはしない。

克麻は、そう言ってくれた。

もちろん、話が違うと不満に思ったわけではない。

ただ、心変わりの理由を純粋に知りたかっただけ。

「いまでも、僕の気持ちは変わりません。だけど、それは月菜さんの気持ちを無視したエゴだということに、いまさらながら気づいたんです。だから、時間《とき》を巻き戻して、もう一度、振り出しからやり直そうと思って。月菜さんが携帯電話を返せば、僕は何事もなかったように店を出ます。あのとき、そうするはずだったようにね」

ふたりが出会ったときと同じシチュエーションを作り、現在の決断に至るまでの道程《みちのり》に間違いがなかったかどうかを、そして、同じ結果になるかどうかをたしかめる……つまりは、そういうことなのだろう。

「じゃあ、僕は行きます。明日、十二時にお会いしましょう」

あ、ここでいいです。

見送ろうとする月菜に言い残し、克麻が部屋を出た。

ひとり取り残された月菜は、ドアの向こう側へと消える彼の背中に向けていた虚ろな視線を携帯電話に移した。

◇　　◇

出発の日。今日で、ここにくるのも最後だった。

月菜は、一冊、一冊の本を脳裏に焼きつけるとでもいうように、ゆっくりと店内を歩き回った。

もう、二度と、「夢の扉」を訪れることはないだろう。不思議と、感傷的な気分にはならなかった。

もちろん、思い入れがない、というわけではなかった。その逆だった。

あまりにも思い出が多過ぎて、なにについて哀しみ、なにについて懐かしめばいいのかわからないだけの話だ。

壁掛け時計の針は、あと五分で克麻との待ち合わせの十二時になる。月菜は、デスクチェアに座り、スーツケースを開いた。

表紙がボロボロになった絵本……『空をしらないモジャ』を手に取った。

ページを開かなくても、一行一行が、パソコンのディスプレイでみるように頭の中に浮かんだ。

それも、当然のことだった。これまでに、何百回となく読み返してきたのだから。

『モジャ』を、そっとカウンターデスクの上に置き、眼を閉じた。


――もう一度、振り出しからやり直そうと思って。


昨日の克麻の声に耳を傾ける。

夫に離婚届を渡した日まで……克麻と出会った日まで時間《とき》を巻き戻す。

少なくとも、月菜にとっての「振り出し」はふたつある。そのうちのどちらを選択するかを、自分なりに、一睡もせずに考えてみた。

悩みに悩んだ末に、最善の答えを導き出したつもりだった。

ドアチャイムの音に、瞼を開けた。少しだけ緊張した顔の克麻が、軽く右手を上げた。

「決意してくれたんですね」

克麻が月菜のスーツケースとカウンターデスクの上の『モジャ』に視線を投げ、口もとを綻ばせた。

「お客様。携帯電話をお忘れですよ」

月菜は立ち上がり、無理に作った笑顔で明るく言いながら克麻に携帯電話を差し出した。

「え……?」

わけがわからないといった表情の克麻が、携帯電話と月菜の顔を交互に見比べた。

「よかったら、お礼に、お酒をごちそうさせてくれませんか?」

月菜の意を悟った克麻が、あのときと同じようなセリフを口にした。

「申し訳ありません。私には、夫がいますので」

眼を丸くして声を失っていた克麻だったが、ほどなくすると、納得したように小さく何度も頷いた。

「どうやら、僕が期待していたのとは別の決意だったようですね」

克麻が、白い歯を覗かせ、なにかを吹っ切るようにさっぱりとした口調で言った。

それがかえって、彼の哀しみを浮き彫りにした。

「あのとき、こう言うべきだったと思うの。ごめんなさい」

「謝るなんて、やめてくださいよ。惨めになるじゃないですか」

克麻が俯き、一転して消え入りそうな声で言った。

「克麻君……」

「ありがとうございました。携帯電話、助かりました。それじゃあ、僕はこれで」

顔を上げた克麻が、ふたたびさばさばとした口調で芝居を再開すると、笑顔で踵を返した。

「ひとつだけ、訊かせてください」

ドアに手をかけ、克麻が振り返った。

「ご主人と、やり直すことに決めたんですね？」

月菜は、ゆっくりと首を横に振った。

「じゃあ、月菜さんの決意というのは？」

「ひとりで、生きてゆくということ。実家に帰って、一度、自分自身をリセットしてみようと思うの」

自分自身のリセット。夫も克麻もいない世界でやり直す。それが、月菜にとっては「振り出し」に戻るということだった。

「やっと、月菜さんらしさが戻ってきましたね」

今度の彼の笑顔は、自然に零れ出た本当の笑みだった。

「克麻君は若いんだから、私なんかより素敵なコが、きっとみつかるわ」

「ありがとうございます。でも、それはないと思います。月菜さんは、僕が愛した最初で最後の女性ですから」

克麻の瞳が揺れていた。瞼の裏が熱くなり、喉の奥が震えた。

「ちょっと、気障《きざ》だったかな？　じゃあ、お元気で」

はにかんだように笑い、克麻が手を振り店をあとにした。笑顔とは対照的に、その背中はとても寂しげだった。

電池が切れたとでもいうように、身動きひとつせずに月菜は立ち尽くしていた。どれくらいの時間、そうしていただろうか。

掌の中で鳴る甲高い電子音で、月菜は彼が携帯電話を忘れたことに気づいた。

電話に出るかどうか逡巡したが、克麻からの可能性があったので通話ボタンを押した。

『もしもし、榎克麻様でいらっしゃいますでしょうか？』

受話口から流れる女性の声……すぐに、電話に出たことを後悔した。

「いいえ、私は水島と申しますが、榎さんが携帯電話を忘れて行きましたので……」

『水島月菜様ですか？』

月菜は、自分の名を知る女性に警戒心を抱いた。

「そうですが、どちら様ですか？」

『失礼致しました。私、新日本航空の赤木《あかぎ》と申しますが、先日、榎様からご予約を承《うけたまわ》った本日の十五時発の成田からシャルル・ド・ゴール空港行きの271便のおふたり様ぶんの予約番号をファクスにてお報《し》らせしようとしましたところ、電話番号が使われていないとのことで送信できませんでしたので、ご連絡を入れさせて頂きました』

この女性がなぜに自分の名を知っていたかという疑問が氷解した。

――じつを言うと、まだ、月菜さんのチケットは買っていないんです。

携帯電話を握り締める掌に、力が入った。唇を噛み締め、きつく眼を閉じた。

『もしもし？　もしもし？』

通話ボタンを切った月菜は、外へ駆け出そうとした足を思い直して止めた。

克麻をひとりで旅立たせる。それが、月菜にできる唯一の彼の優しい気遣いにたいしての恩返しだった。

ドアに背を預け、天を仰いだ。ふたたび、眼を閉じた。

水島良城という男性を知らなければ、あなたを、ひとりで行かせることはなかったと思う。

瞼の裏に浮かぶ克麻に、月菜は語りかけた。

# 23

街路樹に絡められたイルミネーションライト、洋菓子店のウインドウに白いスプレーで描かれたトナカイの絵、ブティックの軒先《のきさき》に飾られたリース……街中が、もうすぐそこまできているクリスマスムード一色に染まっていた。

生まれ故郷の金沢《かなざわ》のゆったりとした時間《とき》の流れにすっかりと馴染んでしまった月菜は、六本木《ろっぽんぎ》通り界隈《かいわい》の人込みと車の群れに圧倒された。

六本木以上の喧騒に溢れ返る渋谷に十年近く店を構えていたということが、いまでは、信じられなかった。

「かっちゃん。危ないから、そっちに行っちゃだめよ」

赤い毛糸の服を着たミニチュアダックスの子犬に歩み寄ろうとする克彦《かつひこ》の小さな手を月菜は引いた。

強く握り締めると、壊れそうなほど、細く、華奢《きやしや》な指先。右に左に、ふらふらとゆれる頼りない足取り。

それでも、ほかの二歳の子供達に比べれば克彦はしっかりしているほうだ。

「ワンちゃんにいいコ、いいコするの」

身を切るような冷風に、耳当てをつけた下脹《しもぶく》れの頬を真っ赤に染めた克彦が月菜を見上げた。

なんて、純粋な瞳をしているのだろう。あまりにも澄み渡り過ぎて……自分がどれだけ汚れているかを思い知らされ、みているのが苦しくなるほどだった。

昔、月菜は同じような瞳を毎日みていた。その瞳の持ち主は、幼児ではなく大人の男性だった。

――君が哀しんでいるときに、肩を抱くこともできない。凍えそうな寒い夜に、温めてあげることもできない。こんな僕と結婚して、どこが幸せなんだい？

三年経ったいまでも、ふと、あのときの彼の寂しげな、それでいて、優しさに満ち溢れた眼差しを昨日のことのように思い出しては胸を痛めた。

果たして、彼と別れて私は幸せになれたのだろうか？

「ねえねえ、ワンちゃんにいいコ、いいコしていいでしょう？」

躰全体でコートの袖《そで》を引く克彦に微笑みかけ、月菜は子犬を連れて歩く女性に会釈を投げながら歩み寄った。

「このコに、少し触らせてもらってもいいですか？」

ええ、どうぞ。にっこりと微笑みを返す女性が、愛犬を抱きかかえ克彦の前に屈んだ。

少しだけ緊張した顔で、克彦がチョコレート色の被毛に覆われた背中にそっと手を伸ばし、怖々と撫で始めた。

子犬が心地好さそうに眼を細め、首を擡げると克彦の頬をペロペロと舐めた。

ひゃっ……くすぐったい。顔をくしゃくしゃにして喜ぶ克彦を、月菜は子犬同様に細めた眼でみつめた。

――僕達の子供を主人公にした童話を「夢の扉」に並べるというのが夢なんだ。売れなくてもいい。読者は、僕と君と子供の三人で十分さ。

この子が、あの人との子供だったなら……。

月菜は頭を振り、馬鹿げた考えを追い払った。

「夢の扉」も彼も存在しなくなったいまとなっては、彼との思い出のすべてが、儚く消える蜃気楼《しんきろう》のようだった。

「さあ、パパが待ってるから急ごう」

ありがとうございました。月菜は、飼い主の女性に礼を言うと、未練たっぷりに子犬を抱き締める克彦の手を引き立ち上がらせた。

「お腹減ったでしょう？　パパがレストランで待ってるから、おいしい物が食べられるよ」

残念そうにしている克彦に、月菜は声をかけた。

「アイスとケーキとハンバーグと、それから、それから……」

「まあ、食いしん坊さんね。お腹壊しちゃうぞ？」

短い指を折りながら、真剣な顔で数える克彦をみて思わず口もとが綻んだ。月菜は歩調を落とし、目印の赤い看板を探した。

待ち合わせのレストラン……「オールデイズ」の住所はこのへんのはずだった。

赤色が、月菜の視界を過《よ》ぎった。「オールデイズ」は、月菜が佇んでいる場所から三軒先のベーカリーショップの隣にあった。

いらっしゃいませ。ボーイスカウトの制服を着たウェイターがにこやかに出迎えた。

昼時のせいか、店内は満席状態だった。月菜は、フロアの中央に歩み出て、客席に視線を巡らせた。

奥の窓際の席に座っていた男性が立ち上がり、小さく右手を頭上に翳した。

はっきりとした目鼻立ちと色白の肌が克彦を彷彿とさせた。

「パパっ」

駆け出す克彦のあとを追い、月菜も小走りに彼のテーブルへ向かった。

「上京したばかりだというのに、家内がご迷惑をおかけして申し訳ありません」

彼が白い歯を覗かせ、頭を下げた。

「いえ、これくらいお安いご用です。それに、早智子には、いろいろと面倒をかけましたから」

親友を、庇ったわけではなかった。三年前、「夢の扉」を手放す際に、早智子には残務整理から売買に至るまで世話になった。

夫と別れ、克麻とのパリ行きを取り止めた月菜は、実家のある金沢で「月明り」というファンシーショップを始めた。

一年間、彫金《ちょうきん》と洋裁の勉強をし、オリジナルブランドの商品を店頭に並べられるようになったのはさらに一年後。「月明り」は、小売りはもちろんのこと、卸業も兼ねていた。

新商品の打ち合わせをしたい、という大口の顧客である高輪《たかなわ》のブライダルサロンの要請を受けて、月菜は東京に出てきたのだった。

到着したのは今日……月曜の昼。打ち合わせの夜までには時間があったので、空港に降り立ってすぐに早智子の勤める弁護士事務所に寄ることにした。

東京を離れて以来連絡を取っていなかったので、もしかしたら会社を辞めている可能性があったが、それならそれでも構わなかった。

木内さんはいらっしゃいますか？　早智子の在籍を訊ねる月菜に、応対に出た若い女性事務員は首を傾げた。

やはり辞めてしまったのか、との思いが胸を過《よ》ぎったときに、奥の部屋から早智子が現れた。

あら、月菜、どうしたの！　旧友の唐突な訪問に、早智子は眼を見開き、驚愕《きょうがく》の表情で大声を上げた。

幼子《おさなご》の手を引く早智子をみて、月菜は彼女以上に驚いた。

もしかして、結婚したの？　月菜の問いかけに、早智子がちょっぴりバツが悪そうに、でも、とても嬉しそうに頷いた。

夫婦生活というものに重きを置いていた月菜が離婚し、書類一枚の契約だと軽んじていた早智子が家庭を作り、子供までもうけていた。人生とは、皮肉なものだった。

木内、という旧姓を告げる月菜に、応対した女性事務員が首を傾げた理由がようやくわかった。彼女は高波《たかなみ》早智子になっていたのだ。

あ、そうだ。通っていたスポーツジムのインストラクターをやっていた夫との馴《な》れ初《そ》めをガラにもなく照れながら話していた早智子が、急になにかを思い出したように大声を出した。


——これから克彦を旦那のところに連れて行く約束をしているんだけど、緊急の仕事が入ったのを忘れてたわ。悪いけど、六本木の「オールデイズ」っていうレストランに、このコを連れて行ってくれない？　私も、一時間くらいしたら行くから、食事でもしてて。


三年振りに再会した友人に子守を頼む。一般常識からすれば、なんて図々しい、ということになるのだろう。

でも、月菜は少しも不快な気持ちにはならなかった。むしろ、変にお客様扱いされるよりも、そのほうが気が楽であり、また、早智子が早智子のままであることを確認できて、嬉しくさえ思った。

「家内から、もう近くまできていると連絡が入りましたから」

「早智子が？」

高波の言葉に、月菜は思わず訊ね返した。

「彼女は、緊急の……」

「あ、ママだ」

克彦が瞳を輝かせ月菜の背後を指差した。ごめん、ごめん。首を巡らせた月菜の視線の先で、早智子が拝むように顔の前に掌を重ね合わせながら歩み寄ってきた。

「やんちゃ坊主の面倒を押しつけてごめんね」

僕、坊主じゃないもん。はいはい、ごめんね、お坊ちゃま。

膝に抱きつく我が子の頰を両手で挟み込み、おでこにキスをする母。くすぐったいよ、ママ。身をくねらせ暴れる我が子を愛《いと》しげにみつめる母。

母子にしかわからない、信頼という名の絆に結ばれたふたりを正視するのが眩《まぶ》しく、思わず眼を逸らしそうになった。

「立派なママさんになったわね」

月菜の声は、心の奥にぽっかりと空いた空洞に吸い込まれてゆく。

「彼のおかげよ」

早智子が、はにかむように高波をみつめた。

月菜は、彼女が、こんなにかわいらしい女性であることに初めて気づいた。

「まあ、おのろけ？」

そして、あなたのおかげ。早智子が束の間真剣な眼差しを向け、それからすぐに鼻梁に縦皺を刻んでウインクした。

「それより、早智子。緊急な仕事が入ったんじゃないの？」

月菜は、気恥ずかしくなり、話題を変えた。

「ああ……そうだったわね。はい、これ」

赤と緑のクリスマスカラーの紙袋を差し出す早智子に、月菜は首を傾げてみせた。

「私の緊急な仕事っていうのは、これをあなたに渡すこと」

「もしかして、これって、クリスマスプレゼント？」

「どうでしょう？　プレゼントになるかどうかは、あなた次第ね」

早智子が意味ありげに笑った。

「どういうこと？」

「月菜、いつ帰るの？」

「明日だけど……」

今夜の打ち合わせが始まるのは八時からなので、帰りの飛行機は翌朝の九時の便を予約していたのだった。

「そう。じゃあ、夜、電話するから。積もる話は、そのときにしよう。とりあえずいまは、外に出て紙袋の中身をすぐにみること。私達は、これから家族で食事をするから、邪魔しないでね」

「おいおい、早智子、月菜さんに失礼じゃ……」

「いいの、いいの。さあさあ、お坊ちゃま、お腹空いたでしょう？　ママもペコペコ。おいしいもの、一杯食べようね」

早智子が高波の言葉を遮り、克彦の背中を押しながら席に着いた。

「すみませんね」

本当に申し訳なさそうな顔で高波が頭を下げた。

「いいえ、いいんです。私も、ちょっと寄って行きたいところがあるんで。じゃあ、これで」

逃げるように店を出た月菜は、大きく息を吐いた。

本当は夜まで、予定などなかった。でも、早智子があぁ言ってくれて、正直、助かった。

幸せな家族の中で食事をともにするほど、心の傷はまだ癒えきれてはいなかった。

夜までどこで時間を潰そうかと街を散策していた月菜は、早智子の言葉を思い出し、紙袋の中を覗いた。

包みを手に取り、リボンと包装紙を解いた瞬間、息を呑んだ。

「これは……」

早智子からのプ、レ、ゼ、ン、ト、は一冊の絵本……『空をしらないモジャ』だった。

月菜は、表4と呼ばれる裏表紙を開き、足もとに舞い落ちた封筒を拾いながら、刊行日をみた。初版は、今年の一月……月菜が彼と別れて約二年後に刊行されたものだ。

封筒から便箋《びんせん》を抜いた。早智子からの、手紙だった。


今日、私は、ひさしぶりに訪ねてきてくれたあなたに面倒な用を頼んだ上に、たぶん、素っ気なく追い返したと思う。

悪く思わないでね。克彦を送ってもらったのは家にこの本を取りに行くためで、多分、レストランから追い返すことになると思うけど、それも、あなたから夜に予定が入っていると聞いていたからなの。

月菜。面と向かってだと照れ臭くて言えないから、いま、この場を借りてお礼を言うわ。ありがとう。用事を頼んだことにじゃないわよ。三年前、あなたが克麻君との問題で良城さんと別れたときに、私は思ったの。夫婦っていうのも、捨てたもんじゃないなってね。

それまでの私は、あなたも知ってのとおり、男の人を道具のように考え、夫婦生活をビジネスライクに捉えていた。でも、あなた達夫婦は、私に教えてくれた。紙切れ一枚の繋がりを、愛の力で魂の繋がりにできるんだって。

この本は、刊行されたときに、良城さんが私に贈ってくれたものなの。悪いけど、一ページも読んでないわ。だって、十数年振りにわざわざ改訂版を出すなんて、あなたに託されたメッセージだとしか思えないから。

この本が、ちょっとはやいクリスマスプレゼントになるかどうかは、私にはわからない。

それは、あなたが決めることよ。じゃあ、月菜に幸福の女神が微笑むことを祈るわ。落ち着いたら、今度一緒に飲みに行きましょう。そのとき、最高級のワインで祝杯を挙げられるといいね。

追伸　克麻君はパリの和食レストランで店長に昇格し、元気に働いているそうです。あ、このメッセージは、頭に残さなくていいからね。

早智子ったら。月菜は微笑み、『モジャ』のページを捲った。

何百回となく読み返した懐かしい物語が、深く、せつなく、月菜の心に染み込んでいった。

# 終章

## モジャが、ふるさとへかえって一ねんがたちました。

月菜は視線を止めた。改訂版には、モジャが雛のもとを離れて仲間のもとへ帰ってからの「その後」が書かれていた。

活字を追うごとに、視界が霞んでゆく。一字一句に込められた意味を嚙み締めるように読み進め、彼が伝えたいことを躰で……心で受け止めた。

道行く人々が、歩道で佇み肩を震わせる月菜に訝しげな視線を向けていた。

気にはならなかった。月菜の意識は、モジャの語るひと言、ひと言と、一挙手一投足に注がれ、ほかのどんな音も、どんな光景も入らなかった。

僅か五ページにも満たない「その後のモジャ」には、七年間、夫婦が抱えていた問題にたいして、彼がどんなふうに受け止め、どんな答えを出したのかが綴《つづ》られているように感じられた。

月菜は躊躇わずに右手を上げ、停車するタクシーに乗り込んだ。

「渋谷へ……行ってください」

行き先を告げる月菜の声は、涙に掠れていた。

◇　◇

窓の外を流れゆく景色が、段々と懐かしいものになってゆく。

月菜は、ふたたびこの街並みを眼にすることになるとは、夢にも思っていなかった。

目的の場所まで、もう、二、三分というところだ。

外の景色から視線を離し、シートに深く身を預けて眼を閉じた。


モジャは、ふるさとをはなれ、ふたたび、たびにでました。

一ねんのあいだ、あることをずっとかんがえつづけて、そうしようかどうかをなやんでいたのですが、ついに、けついしたのです。

もくてきのばしょまで、いそいでも三かはかかります。

あるときは木のねをまくらにくさむらのベッドで、あるときはどうくつでよるをすごしました。

たびにでて三かめのよる、モジャは、にんじんむらでぐうぜんにであったうさぎじいさんのいえにとめてもらいました。

一にちめと二かめのよるはひとりきりだったのでさみしかったのですが、こんやは、うさぎじいさんがそばにいていろいろなおはなしをしてくれたので、モジャはあんしんすることができました。

おいしいにんじんのつくりかた、ジャンプきょうそうでゆうしょうしたときのこと、カラスやタカからのみのまもりかた……うさぎじいさんのおはなしはどれもこれもたのしく、ためになることばかりでした。

「ところで、モジャよ。きみは、どこにいくつもりなんじゃい?」

うさぎじいさんが、おもいだしたようにたずねました。

「ゆめのむらです」

「ほう、それじゃあ、となりじゃないか。『ゆめのむら』に、なにをしにいくんだね?」

「たいせつなともだちに、あいにいくんです」

月菜は眼を開け、ビデオの早送りのように置き去りにされるビルの群れをバックにした窓ガラスに映る女性をみた。こんなに幸せそうな顔をみるのは、何年振りだろう。


「そのともだちは、きみがくることをしっているのかい？」

「いいえ。しりません」

「じゃあ、ともだちとあえないかもしれないじゃないか？」

「なんにちかかるかわかりませんけど、かならずあえるばしょをしってるんです」

「そうかい。それで、きみはともだちにあったら、なんていうつもりなのかね？」

「ぼくは、そらをしっていた。それを、つたえにいくんです」

うさぎじいさんがめをまんまるにして、くびをかしげていました。

それもそのはずです。このおはなしは、モジャとひなどりだけがしっているのです。


それに気づいてなかったのは自分も同じだと、月菜は思った。

あまりにも身近過ぎて、いつの間にか、彼の優しさを見失っていたのだ。


あさがきました。モジャはうさぎじいさんにおれいをいうと、にんじんむらをあとにしました。

しばらくあるくと、みどりのだいそうげんがみえてきました。はねがしろいちょうちょうがおどるようにまい、あかいからだをしたとんぼが、くさのはではねをやすめていました。

なつかしいくうきをむねいっぱいにすいこみ、モジャはかぜにながされるタンポポのわたげときょうそうするようにだいそうげんをかけだしました。

やがて、モジャは、みおぼえのあるおおきな木のまえにたどりつきました。

そうです。一ねんまえにモジャは、このおおきな木のしたで、すからおちたスズメのひなをたすけようとだきあげたのです。

すべては、あの場所から始まった。高鳴る鼓動も、張り裂けそうな胸の痛みも、笑いも、哀しみも……「扉」を開き彼とともに現れた。

ぜんしんがたわしみたいなくろいけにおおわれ、つばさのないモジャをみたおかあさんスズメはびっくりしました。

そして、モジャにおそいかかりおいはらってしまったのです。

あやまちにきづいたおかあさんスズメは、モジャにあやまり、もういちどひなをだいてほしいとたのみました。

でも、しょうらい、おとなのスズメになったひなが、いっしょにそらをとべないモジャをみてかなしみ、はばたかなくなるかもしれないことをおそれ、じぶんとおなじはねのないけむくじゃらのなかまがいるふるさとへかえることをきめたのでした。

モジャは、おもいでのばしょにたち、あおくすみわたるそらをみあげました。

そらでは、スズメたちがきもちよさそうにはねをのばしていました。また、モジャのことをおぼえているかどうかもわかりませんでした。

あのなかに、ひながいるかどうかはわかりませんでした。

覚えていた。一秒たりとも、忘れたことはない。あの少年の瞳を、無垢な笑顔を、そして……「月ちゃん」と呼ぶ柔らかな声も。

でも、モジャはまいにち、この木のしたをおとずれることでしょう。

そして、いつの日か、みちがえるようにりっぱになったひなとあったときに、こういうつもりでした。

「ぼくには、つばさがない。きみといっしょにそらをとぶこともできない。でも、ようやくわかったんだ。とべなくても、そらのあおさを、おおきさを、いだいさをしっているることが、だいじなことなんだって。こころでつうじあっていれば、ぼくたちだけのそらをとぶことができるんだってね」

そうです。いちばんたいせつなことにきづいたモジャは、そらをとべなくても、みんなとすがたがちがっても、もう、かなしくなることはありません。

モジャは、そらをみあげたまま、めをとじました。

モジャのこころのひとみには、たいようのひかりにつつまれたすばらしいあおぞらをなかよくまう、じぶんとひなのすがたがはっきりとみえていました。

待ってて。いま、あなたが守ってくれたこの翼で飛んでゆきます。

月菜の霞む視界の先に、懐かしい光景が広がっていた。

「ここで停めてください」

運転手に告げると、お札をミニトレイに置き、釣りも受け取らずに車から駆け降りた。

ちょっと、お客さん。背中に追い縋る声。月菜は、立ち止まることをしなかった。

一分でも一秒でもはやく彼に会いたいという思いが、月菜の駆け足のピッチを上げた。

建物の前で足を止めた月菜は、看板を見上げた。「夢の扉」。早智子からは店名が変わると聞いていたので、意外だった。でも、心のどこかで、もしかしたら、という思いもあった。

十一年前、彼はこの扉を開けて、夢を運んできてくれた。

今度は、月菜が、彼に夢を運ぶ番だった。

大きく息を吸い込み、月菜は「夢の扉」を開けた。

店内は、書棚も、本の配置も……ドアチャイムの音色さえも当時のままだった。

まず最初に眼についたのは、平台に積んである『空をしらないモジャ』だった。

月菜は平台に歩み寄り、さっきまで読んでいた『モジャ』の改訂版を手に取った。

「月ちゃん」

懐かしく、心地好い声が、月菜の胸を震わせた。

ゆっくりと、後ろを振り返った。

カウンターデスク越し……いつも月菜が座っていた場所で、彼が微笑みを投げてきた。

驚きはなかった。『モジャ』を読み終わったときから、その予感はしていた。

「お帰り」

カウンターから出てきた彼が、柔和《にゅうわ》に眼を細めて言った。

以前より、少しだけ痩《や》せたようだった。

「私がくること、わかっていたの？」

「うん。ここにいれば、必ず、逢《あ》えると信じてた。そうするには、僕がオーナーになるのが一番だと思ったんだ。いつになるかは、わからなかったけどね」


**なんにちかかるかわかりませんけど、かならずあえるばしょをしっているんです。**


彼の言葉に、『モジャ』の中の一節が重なった。

屈託なく口もとを綻ばせる彼をみて、堪えていた涙が止めどなく溢れ出してきた。

「三年よ……？　三年も離れてて、私が……結婚してると……誰か好きな人ができると……思わなかったの？」

嗚咽で、声が途切れ途切れになった。

「僕がしていないのに、君がするわけないだろう？」

彼が信頼に満ちた瞳を向けて静かな声音で言った。

「あのコ……千春さんは？」

ずっと、心の片隅で気になっていたことを訊ねた。

「ああ、彼女は、いま、実家に帰って託児所で働いていると便りがあったよ」

「託児所って、子供を預かるところでしょう？　病気のほう、平気なのかしら」

訊ねながら、ほっとする自分がいた。

「完璧《かんぺき》に治ったわけじゃないけど、かなり克服したみたいだね。いまの場所にくるまで、簡単なことじゃなかったと思うよ。頑張り屋さんだよ、彼女は。僕は、まだまだだけどね」

言って、彼がポケットからウエットティッシュとハンカチを取り出し白い歯を零した。

「この本は……あのあと書いたの？」

あのあと……ふたりが、別々の道を歩もうと決めたあの日。

「書き始めたのは、もう、六年くらい前になるかな」

「え……じゃあ、私と一緒にいるときに？」

「そう。枚数にすると原稿用紙に三、四枚ってところだけど、書いては破り、書いては破り……。君と別れてから執筆を中断していたんだけど、この手が勝手に動いてね。仕上がったのは、今年の初め頃だったんだ」

知らなかった。彼がパソコンに向かい、悩み苦しみながら、懸命に「空」を飛ぼうとしていたことを……。

「千春さんと、一緒になってるかと思ってた……私……私……」

月菜は唇に手を当て俯き、肩を震わせた。頰を伝う熱い滴が掌を濡らす。

「たとえ何万羽の雛がいても、僕の瞳に映るのは、月ちゃん……君だけだよ」

目の前に、きれいに畳まれたハンカチが差し出された。


よかったら、どうぞ。


初めて出会ったときも、『モジャ』を読んで泣いている自分に、彼はいまと同じように
きれいに折り畳まれたハンカチを差し出してくれた。

「顔を上げて」

月菜は、小指で涙を掬い取り、彼をまっすぐにみつめた。

「月菜さん。僕と、結婚してもらえますか？」

「え……」

彼の言葉に、耳を疑った。

「僕と一緒に、空を飛んでほしい」

視界が霞み、彼の顔の輪郭があやふやになってゆく……。

しゃくり上げながら、月菜は頷いた。
そして、一瞬、躊躇したけれど、彼に駆け寄り、両腕を背中に回した。
ひゃ……。彼が小さな悲鳴を上げ、躰を緊張に強張らせた。
もう、待つことはしないし、いい意味で、遠慮もしない。
それが、彼の言う「空を飛ぶ」ことに繋がると、ようやく気づいたから。
「大丈夫。眼を閉じて。そして、私を感じて」
腕の中で、少しずつ、彼の筋肉が弛緩《しかん》してゆくのがわかった。
未来の夫に、未来の妻は心で誓った。
誰よりもつよく抱きしめてほしいと願う自分と、さよならすることを。

初出　「女性自身」二〇〇四年十一月三十日・十二月七日合併号〜二〇〇五年六月二十一日号

二〇〇五年九月　光文社刊

光文社文庫

誰《だれ》よりもつよく抱《だ》きしめて　新装版

著者　新《しん》堂《どう》冬《ふゆ》樹《き》

2024年12月20日　初版1刷発行

発行者　三宅貴久
印刷　萩原印刷
製本　フォーネット社

発行所　株式会社　光文社
〒112-8011　東京都文京区音羽1-16-6
電話（03）5395-8147　編集部
8116　書籍販売部
8125　制作部


ISBN978-4-334-10506-8　Printed in Japan



組版　萩原印刷

光文社文庫最新刊

誰よりもつよく抱きしめて　新装版　新堂冬樹

天下取　村木　嵐

江戸の職人譚　菊池　仁・編

鉄槌《てっつい》　隠密船頭㈣　稲葉　稔